GRöLS Verlage

„Bücher sind wie Fallschirme. Sie nützen uns nichts, wenn wir sie nicht öffnen."

Gröls Verlag

Redaktionelle Hinweise und Impressum

Das vorliegende Werk wurde zugunsten der Authentizität sehr zurückhaltend bearbeitet. So wurden etwa ursprüngliche Rechtschreibfehler regelmäßig *nicht* behoben, denn kleine Unvollkommenheiten machen das Buch – wie im Übrigen den Menschen – erst authentisch. Mitunter wurden jedoch zum Beispiel Absätze behutsam neu getrennt, um den Lesefluss zu erleichtern.

Um die Texte zu rekonstruieren, werden antiquarische Bücher von Lesegeräten gescannt und dann durch eine Software lesbar gemacht. Der so entstandene Text wird von Menschen gegengelesen und korrigiert – hierbei treten auch Fehler auf. Wenn Sie ebenfalls antiquarische Texte einreichen möchten, finden Sie weitere Informationen auf www.groels.de

Viel Freude bei der Lektüre wünscht Ihnen das Team des Gröls-Verlags.

Adressen

Verleger: Hermann-Josef Gröls,

Im Borngrund 26, 61440 Oberursel

Externer Dienstleister für Distribution & Herstellung:

BoD, In de Tarpen 42, 22848 Norderstedt

Unsere „Edition | Werke der Weltliteratur“ hat den Anspruch, eine der größten und vollständigsten Sammlungen klassischer Literatur in deutscher Sprache zu werden. Nach und nach versammeln wir hier nicht nur die „üblichen Verdächtigen“ von Goethe bis Schiller, sondern auch Kleinode der vergangenen Jahrhunderte, die – zu Unrecht – drohen, in Vergessenheit zu geraten. Wir kultivieren und kuratieren damit einen der wertvollsten Bereiche der abendländischen Kultur. Kleine Auswahl:

Francis Bacon • Neues Organon • **Balzac** • Glanz und Elend der Kurtisanen • **Joachim H. Campe** • Robinson der Jüngere • **Dante Alighieri** • Die Göttliche Komödie • **Daniel Defoe** • Robinson Crusoe • **Charles Dickens** • Oliver Twist • **Denis Diderot** • Jacques der Fatalist • **Fjodor Dostojewski** • Schuld und Sühne • **Arthur Conan Doyle** • Der Hund von Baskerville • **Marie von Ebner-Eschenbach** • Das Gemeindekind • **Elisabeth von Österreich** • Das Poetische Tagebuch • **Friedrich Engels** • Die Lage der arbeitenden Klasse • **Ludwig Feuerbach** • Das Wesen des Christentums • **Johann G. Fichte** • Reden an die deutsche Nation • **Fitzgerald** • Zärtlich ist die Nacht • **Flaubert** • Madame Bovary • **Gorch Fock** • Seefahrt ist not! • **Theodor Fontane** • Effi Briest • **Robert Musil** • Über die Dummheit • **Edgar Wallace** • Der Frosch mit der Maske • **Jakob Wassermann** • Der Fall Maurizius • **Oscar Wilde** • Das Bildnis des Dorian Grey • **Émile Zola** • Germinal • **Stefan Zweig** • Schachnovelle • **Hugo von Hofmannsthal** • Der Tor und der Tod • **Anton Tschechow** • Ein Heiratsantrag • **Arthur Schnitzler** • Reigen • **Friedrich Schiller** • Kabale und Liebe • **Nicolo Machiavelli** • Der Fürst • **Gotthold E. Lessing** • Nathan der Weise • **Augustinus** • Die Bekenntnisse des heiligen Augustinus • **Marcus Aurelius** • Selbstbetrachtungen • **Charles Baudelaire** • Die Blumen des Bösen • **Harriett Stowe** • Onkel Toms Hütte • **Walter Benjamin** • Deutsche Menschen • **Hugo Bettauer** • Die Stadt ohne Juden • **Lewis Caroll** • *und viele mehr….*

Inhalt

Till Eulenspiegel

Ein kurzweiliges Buch von Till Eulenspiegel aus dem Lande Braunschweig

Hermann Bote

Die 1. Historie sagt, wie Till Eulenspiegel geboren, dreimal an einem Tage getauft wurde und wer seine Taufpaten waren.

Bei dem Wald, Elm genannt, im Dorf Kneitlingen im Sachsenland, wurde Eulenspiegel geboren. Sein Vater hieß Claus Eulenspiegel, seine Mutter Ann Wibcken. Als sie des Kindes genas, schickten sie es in das Dorf Ampleben zur Taufe und ließen es nennen Till Eulenspiegel. Till von Uetzen, der Burgherr von Ampleben, war sein Taufpate. Ampleben ist das Schloß, das die Magdeburger vor etwa 50 Jahren mit Hilfe anderer Städte als ein böses Raubschloß zerstörten. Die Kirche und das Dorf dabei ist nunmehr im Besitze des würdigen Abtes von Sankt Ägidien, Arnolf Pfaffenmeier.

Als nun Eulenspiegel getauft war und sie das Kind wieder nach Kneidingen tragen wollten, da wollte die Taufpatin, die das Kind trug, eilig über einen Steg gehen, der zwischen Kneidingen und Ampleben über einen Bach führt. Und sie hatten nach der Kindtaufe zu viel Bier getrunken (denn dort herrscht die Gewohnheit, daß man die Kinder nach der Taufe in das Bierhaus trägt, sie vertrinkt und fröhlich ist; das mag dann der Vater des Kindes bezahlen). Also fiel die Patin des Kindes von dem Steg in die Lache und besudelte sich und das Kind so jämmerlich, daß das Kind fast erstickt wäre. Da halfen die anderen Frauen der

Badmuhme mit dem Kind wieder heraus, gingen heim in ihr Dorf, wuschen das Kind in einem Kessel und machten es wieder sauber und schön.

So wurde Eulenspiegel an einem Tage dreimal getauft: einmal in der Taufe, einmal in der schmutzigen Lache und einmal im Kessel mit warmem Wasser.

Die 2. Historie sagt, wie alle Bauern und Bäuerinnen über den jungen Eulenspiegel klagten und sprachen, er sei ein Nichtsnutz und Schalk; und wie er auf einem Pferd hinter seinem Vater ritt und stillschweigend die Leute hinten in seinen Arsch sehen ließ.

Als nun Eulenspiegel so alt war, daß er stehen und gehen konnte, da spielte er viel mit den jungen Kindern. Denn er war munteren Sinnes. Wie ein Affe tummelte er sich auf den Kissen und im Gras so lange, bis er drei Jahre alt war. Dann befleißigte er sich aller Art Schalkheit so sehr, daß sich alle Nachbarn miteinander beim Vater beklagten, sein Sohn Till sei ein Schalk. Da nahm der Vater sich den Sohn vor und sprach zu ihm: „Wie geht das doch immr zu, daß alle unsere Nachbarn sagen, du seist ein Schalk?“ Eulenspiegel sagte: „Lieber Vater, ich tue doch niemandem etwas, das will ich dir eindeutig beweisen. Geh hin, setz dich auf dein eigenes Pferd, und ich will mich hinter dich setzen und stillschweigend mit dir durch die Gassen reiten. Dennoch werden sie über mich lügen und sagen, was sie wollen. Gib darauf acht!“ Das tat der Vater und nahm ihn hinter sich aufs Pferd. Da hob sich Eulenspiegel hinten auf mit seinem Loch, ließ die Leute in den Arsch sehen und setzte sich dann wieder. Die Nachbarn und Nachbarinnen zeigten auf ihn und sprachen: „Schäme dich! Wahrlich, ein Schalk ist das!“ Da sagte Eulenspiegel: „Hör, Vater, du siehest wohl, daß ich stillschweige und niemandem etwas tue. Dennoch sagen die Leute, ich sei ein Schalk.“

Nun tat der Vater dies: er setzte Eulenspiegel, seinen lieben Sohn, vor sich auf das Pferd. Eulenspiegel saß ganz still, aber er sperrte das Maul auf, grinste die Bauern an und streckte ihnen die Zunge heraus. Die Leute liefen hinzu und sprachen: „Seht an, welch ein junger Schalk ist das!“ Da sagte der Vater: „Du bist freilich in einer unglückseligen Stunde geboren. Du sitzest still und schweigst und tust niemandem etwas, und doch sagen die Leute, du seist ein Schalk.“

Die 3. Historie sagt, wie Claus Eulenspiegel von Kneitlingen hinweg zog an den Fluß Saale, woher Tills Mutter gebürtig war, dort starb, und wie sein Sohn auf dem Seil gehen lernte.

Danach zog sein Vater mit ihm und seiner Familie von dannen in das magdeburgische Land an den Fluß Saale. Von dorther stammte Eulenspiegels Mutter. Und bald darauf starb der alte Claus Eulenspiegel. Die Mutter blieb bei dem Sohn in ihrem Dorf, und sie verzehrten, was sie hatten. So wurde die Mutter arm. Eulenspiegel wollte kein Handwerk lernen und war doch schon etwa 16 Jahre alt. Aber er tummelte sich und lernte mancherlei Gauklerei.

Eulenspiegels Mutter wohnte in einem Haus, dessen Hof an die Saale ging. Und Eulenspiegel begann, auf dem Seile zu gehen. Das trieb er zuerst auf dem Dachboden des Hauses, weil er es vor der Mutter nicht tun wollte. Denn sie konnte seine Torheit nicht leiden, daß er sich so auf dem Seil tummelte, und drohte, ihn deshalb zu schlagen. Einmal erwischte sie ihn auf dem Seil, nahm einen großen Knüppel und wollte ihn herunterschlagen. Da entrann er ihr zu einem Fenster hinaus, lief oben auf das Dach und setzte sich dort hin, so daß sie ihn nicht erreichen konnte.

Das währte so lange mit ihm, bis er ein wenig älter wurde. Dann fing er wieder an, auf dem Seil zu gehen, und zog das Seil oben von seiner Mutter Hinterhaus über die Saale in ein Haus gegenüber. Viele junge und alte Leute bemerkten das Seil, darauf Eulenspiegel laufen wollte. Sie kamen herbei und wollten ihn darauf gehen sehen; und sie waren neugierig, was er doch für ein seltsames Spiel beginnen oder was er Wunderliches treiben wollte.

Als nun Eulenspiegel auf dem Seil im besten Tummeln war, bemerkte es seine Mutter; und sie konnte ihm nicht viel darum tun. Doch schlich sie heimlich hinten in das Haus auf den Boden, wo das Seil angebunden war, und schnitt es entzwei. Da fiel ihr Sohn Eulenspiegel unter großem Spott ins Wasser und badete tüchtig in der Saale. Die Bauern lachten sehr, und die Jungen riefen ihm laut nach: „Hehe, bade nur wohl aus! Du hast lange nach dem Bade verlangt!"

Das verdroß Eulenspiegel sehr. Das Bad machte ihm nichts aus, wohl aber das Spotten und Rufen der Buben. Er überlegte, wie er ihnen das wieder vergelten und heimzahlen wollte. Und also badete er aus, so gut er es vermochte.

Die 4. Historie sagt, wie Eulenspiegel den Jungen etwa zweihundert Paar Schuhe von den Füßen abschwatzte und machte, daß sich alt und jung darum in die Haare gerieten.

Kurze Zeit danach wollte Eulenspiegel seinen Schaden und den Spott wegen des Bades rächen, zog das Seil aus einem anderen Haus über die Saale und zeigte den Leuten an, daß er abermals auf dem Seil gehen wolle. Das Volk sammelte sich bald dazu, jung und alt. Und Eulenspiegel sprach zu den Jungen: jeder solle ihm seinen linken Schuh geben, er wolle ihnen mit den Schuhen ein hübsches Stück auf dem Seil zeigen. Die Jungen glaubten das, und alle meinten, es sei wahr, auch die Alten. Und die Jungen huben an, die Schuhe auszuziehen, und gaben sie Eulenspiegel. Es waren der Jungen beinahe zwei Schock, das sind zweimal sechzig. Die Hälfte der Schuhe wurde Eulenspiegel gegeben. Da zog er sie auf eine Schnur und stieg damit auf das Seil. Als er nun auf dem Seil war und hatte die Schuhe mit oben, sahen die Alten und die Jungen zu ihm hinauf und meinten, er wolle ein lustig Ding damit tun. Aber ein Teil der Jungen war betrübt, denn sie hätten ihre Schuhe gern wiedergehabt.

Als nun Eulenspiegel auf dem Seil saß und seine Kunststücke machte, rief er auf einmal: „jeder gebe acht und suche seinen Schuh wieder!" Und damit schnitt er die Schnur entzwei und warf die Schuhe alle von dem Seil auf die Erde, so daß ein Schuh über den anderen purzelte. Da stürzten die Jungen und Alten herzu, einer erwischte hier einen Schuh, der andere dort. Der eine sprach: „Dieser Schuh ist mein!“ Der andere sprach: „Du lügst, er ist mein!“ Und sie fielen sich in die Haare und begannen sich zu prügeln. Der eine lag unten, der andere oben; der eine schrie, der andere weinte, der dritte lachte. Das währte so lange, bis auch die Alten Backenstreiche austeilten und sich bei den Haaren zogen.

Derweil saß Eulenspiegel auf dem Seil, lachte und rief: „Hehe, sucht nun die Schuhe, wie ich kürzlich ausbaden mußte!“ Und er lief von dem Seil, und ließ die Jungen und Alten sich um die Schuhe zanken.

Danach durfte er sich vier Wochen lang vor den Jungen oder Alten nicht sehen lassen. Er saß deshalb im Hause bei seiner Mutter und flickte Helmstedter Schuhe. Da freute sich seine Mutter sehr und meinte, es würde mit ihm noch alles gut werden. Aber sie kannte nicht die Geschichte mit den Schuhen und wußte nicht, daß er wegen dieses Streichs nicht wagte, vors Haus zu gehen.

Die 5. Historie sagt, wie Till Eulenspiegels Mutter ihn ermahnte, ein Handwerk zu lernen, wobei sie ihm helfen wollte.

Eulenspiegels Mutter war froh, daß ihr Sohn so friedlich war, schalt ihn jedoch, daß er kein Handwerk lernen wollte. Er schwieg dazu, aber die Mutter ließ nicht nach, ihn zu schelten. Schließlich sagte Eulenspiegel: „Liebe Mutter, womit sich einer abgibt, davon wird ihm sein Lebtag genug.“ Da sagte die Mutter: „Wenn ich über dein Wort nachdenke: seit vier Wochen habe ich kein Brot in meinem Haus gehabt.“ Doch Eulenspiegel sprach: „Das paßt nicht als Antwort auf meine Worte. Ein armer Mann, der nichts zu essen hat, der fastet am Sankt-Nikolaus-Tag, und wenn er etwas hat, so ißt er mit Sankt Martin zu Abend. Also essen wir auch.“

Die 6. Historie sagt, wie Eulenspiegel in der Stadt Staßfurt einen Brotbäcker um einen Sack voll Brot betrog und es seiner Mutter heimbrachte.

Lieber Gott, hilf", dachte Eulenspiegel, „wie soll ich die Mutter beruhigen? Wo soll ich Brot herbekommen für ihr Haus?" Und er ging aus dem Flecken, in dem seine Mutter wohnte, in die Stadt Staßfurt. Dort fand er eines reichen Brotbäckers Laden, ging hinein und fragte, ob der Bäcker seinem Herrn für zehn Schillinge Roggen- und Weißbrot schicken wolle. Er nannte den Namen eines Herren aus der Gegend und sagte, sein Herr sei hier zu Staßfurt, und benannte auch die Herberge, in der er sei. Der Bäcker solle einen Knaben mit in die Herberge zu seinem Herren schicken, dort wolle er ihm das Geld geben. Der Bäcker sagte: „ja." Nun hatte Eulenspiegel einen Sack mit einem verborgenen Loch. In diesen Sack ließ er sich das Brot zählen. Und der Bäcker sandte einen Jungen mit Eulenspiegel, um das Geld zu empfangen. Als Eulenspiegel einen Armbrustschuß weit von des Brotbäckers Haus war, ließ er ein Weißbrot aus dem Loch in den Dreck der Straße fallen. Da setzte Eulenspiegel den Sack nieder und sprach zu dem Jungen: „Ach, das besudelte Brot darf ich nicht vor meinen Herrn bringen. Lauf rasch damit wieder nach Haus und bring mir ein anderes Brot dafür! Ich will hier auf dich warten." Der Junge lief hin und holte ein anderes Brot. Inzwischen ging Eulenspiegel weiter in ein Haus in der Vorstadt. Dort stand ein Pferdekarren aus seinem Flecken. Darauf legte er seinen Sack und ging neben dem Kärrner her. So kam er heim ans Haus seiner Mutter.

Als der Bäckerjunge mit dem Brot wiederkam, war Eulenspiegel mit den Broten verschwunden. Da rannte der Junge zurück und sagte das dem Bäcker. Der Brotbäcker lief sogleich zu der Herberge, die ihm Eulenspiegel genannt hatte. Doch dort fand er niemanden, sondern sah, daß er betrogen war.

Eulenspiegel brachte seiner Mutter das Brot nach Hause und sagte: „Schau her und iß, dieweil du etwas hast, und faste mit Sankt Nikolaus, wenn du nichts hast."

Die 7. Historie sagt, wie Eulenspiegel das Weck- oder Semmelbrot mit anderen Jungen im Übermaß essen mußte und noch dazu geschlagen wurde.

In dem Flecken, worin Eulenspiegel mit seiner Mutter wohnte, herrschte eine Sitte: wenn ein Hauswirt ein Schwein geschlachtet hatte, gingen die Nachbarskinder in das Haus und aßen dort eine Suppe oder einen Brei. Das nannte man das Weckbrot.

Nun wohnte in demselben Flecken ein Gutspächter, der war geizig mit dem Essen und durfte doch den Kindern das Weckbrot nicht versagen. Da erdachte er eine List, mit der er ihnen das Weckbrot verleiden wollte. Er schnitt in eine große Milchschüssel harte Brotrinden. Als die Kinder kamen, Knaben und Mädchen – darunter auch Eulenspiegel -, ließ er sie ein, schloß die Tür zu und begoß das Brot mit Suppe. Der Brotbrocken waren aber viel mehr, als die Kinder essen konnten. Wenn nun eins satt war und davongehen wollte, kam der Hauswirt und schlug es mit einer Rute um die Lenden, so daß ein jedes im Übermaß essen mußte. Und der Hauswirt wußte wohl von Eulenspiegels Streichen, so daß er auf ihn besonders achtgab. Wenn er einen anderen um die Lenden hieb, so traf er Eulenspiegel noch besser. Das trieb er so lange, bis die Kinder alle Brocken des Weckbrotes aufgegessen hatten. Das bekam ihnen ebenso gut wie dem Hund das Gras.

Danach wollte kein Kind mehr in des geizigen Mannes Haus gehen, um Weckbrot oder Metzelsuppe zu essen.

Die 8. Historie sagt, wie Eulenspiegel es machte, daß sich die Hühner des geizigen Bauern um die Lockspeise zerrten.

Als der Hauswirt am nächsten Tage ausging, begegnete er Eulenspiegel und fragte: „Lieber Eulenspiegel, wann willst du wieder zum Weckbrot zu mir kommen?“ Eulenspiegel sagte: „Wenn sich deine Hühner um den Köder reißen, je vier um einen Bissen Brot.“ Da sprach der Mann: „Dann willst du also lange nicht zu meinem Weckbrot kommen?“ Eulenspiegel entgegnete: „Wenn ich aber doch eher käme, als die nächste Zeit für fette Metzelsuppe ist?“ Und damit ging er seines Weges.

Eulenspiegel wartete, bis es Zeit war, daß des Mannes Hühner auf der Gasse Futter suchten. Dann knüpfte er zwanzig Fäden oder mehr jeweils zwei und zwei in der Mitte zusammen und band an jedes Ende eines Fadens einen Bissen Brot. Er nahm die Fäden und legte sie verdeckt hin, die Brotstücke aber waren zu sehen. Die Hühner pickten und schluckten nun hier und dort die Brotbissen mit den Fadenenden in ihre Hälse. Aber sie konnten die Bissen nicht herunterschlucken, denn am anderen Ende des Fadens zog ein anderes Huhn, so daß je eins das andere zog. Kein Huhn konnte das Brot ganz hinunterschlucken oder es wieder aus dem Hals herausbekommen, da die Brotstücke zu groß waren. So standen mehr als zweihundert Hühner einander gegenüber und würgten und zerrten an der Lockspeise.

Die 9. Historie sagt, wie Eulenspiegel in einen Bienenkorb kroch, zwei Diebe in der Nacht kamen und den Korb stehlen wollten und wie er es machte, daß die beiden sich rauften und den Bienenkorb fallen ließen.

Einmal begab es sich, daß Eulenspiegel mit seiner Mutter in ein Dorf zur Kirchweih ging. Und Eulenspiegel trank, bis er betrunken wurde. Da suchte er einen Ort, wo er friedlich schlafen könne und ihm niemand etwas täte. Hinten in einem Hof fand er einen Haufen Bienenkörbe, und dabei lagen viele Immenstöcke, die leer waren. Er kroch in einen leeren Korb, der am nächsten bei den Bienen lag, und gedachte, ein wenig zu schlafen. Und er schlief von Mittag bis gegen Mitternacht. Seine Mutter meinte, er sei wieder nach Hause gegangen, da sie ihn nirgends sehen konnte.

In derselben Nacht kamen zwei Diebe und wollten einen Bienenkorb stehlen. Und einer sprach zum anderen: „Ich habe immer gehört, der schwerste Immenkorb ist auch der beste.“ Also hoben sie die Körbe und Stöcke einen nach dem anderen auf, und als sie zu dem Korb kamen, in dem Eulenspiegel lag, war das der schwerste. Da sagten sie: „Das ist der beste Immenstock“, nahmen ihn auf die Schultern und trugen ihn von dannen.

Indessen erwachte Eulenspiegel und hörte ihre Pläne. Es war ganz finster, so daß einer den anderen kaum sehen konnte. Da griff Eulenspiegel aus dem Korb dem Vorderen ins Haar und riß ihn kräftig daran. Der wurde zornig auf den Hinteren und meinte, dieser hätte ihn am Haar gezogen, und er begann, ihn zu beschimpfen. Der Hintermann aber sprach: „Träumst du, oder gehst du im Schlaf? Wie sollte ich dich an den Haaren rupfen? Ich kann doch kaum den Immenstock mit meinen Händen halten!“ Eulenspiegel lachte und dachte: das Spiel will gut werden! Er wartete, bis sie eine weitere Ackerlänge gegangen waren. Dann riß er den Hinteren auch kräftig am Haar, so daß dieser sein Gesicht schmerzlich verziehen mußte. Der Hintermann wurde noch zorniger und sprach: „Ich gehe und trage, daß mir der Hals kracht, und du sagst, ich ziehe dich beim Haar! Du ziehst mich beim Haar, daß mir die Schwarte kracht!“ Der Vordere sprach: „Du lügst dir selbst den Hals voll! Wie sollte ich dich beim Haar ziehen, ich kann doch kaum den Weg vor mir sehen! Auch weiß ich genau, daß du mich beim Haar gezogen hast!“

So gingen sie zankend mit dem Bienenkorb weiter und stritten miteinander. Nicht lange danach, als sie noch im größten Zanken waren, zog Eulenspiegel den Vorderen noch einmal am Haar, so daß sein Kopf gegen den Bienenkorb schlug. Da wurde der Mann so zornig, daß er den Immenstock fallen ließ und blindlings mit den Fäusten nach dem Kopf des Hintermannes schlug. Dieser ließ den Bienenkorb auch los und fiel dem Vorderen in die Haare. Sie taumelten übereinander, entfernten sich voneinander, und der eine wußte nicht, wo der andere blieb. Sie verloren sich zuletzt in der Finsternis und ließen den Immenstock liegen.

Nun lugte Eulenspiegel aus dem Korbe, und als er sah, daß es noch finster war, schlüpfte er wieder hinein und blieb darin liegen, bis es heller Tag war. Dann kroch er aus dem Bienenkorb und wußte nicht, wo er war. Er folgte einem Weg nach, kam zu einer Burg und verdingte sich dort als Hofjunge.

Die 10. Historie sagt, wie Eulenspiegel ein Hofjunge wurde und ihn sein Junker lehrte, wo er das Kraut „Henep“ fände, solle er hineinscheißen; da schiß er in den Senf („Senep“) und meinte, „Henep“ und „Senep“ sei ein Ding.

Bald danach kam Eulenspiegel auf eine Burg zu einem Junker und gab sich als Hofjunge aus. Er mußte gleich mit seinem Junker über Land reiten. Am Weg stand Hanf; den nennt man im Lande Sachsen, aus dem Eulenspiegel stammte, „Henep“. Der Junker sprach zu Eulenspiegel, der die Lanze seines Herrn trug: „Siehst du das Kraut, das da steht? Es heißt Henep.“ Eulenspiegel sagte: „ja, das sehe ich wohl.“ Da sprach sein Junker: „Sooft du daran vorbeikommst, so scheiße darein einen großen Haufen! Denn mit dem Kraut bindet und henkt man die Räuber und die, die sich ohne Herrendienst aus dem Sattel ernähren. Das geschieht mit dem Bast, der aus dem Kraut gesponnen wird.“ Eulenspiegel sagte: „ja gern, das werde ich tun.“

Der Junker (oder Hofmann) ritt mit Eulenspiegel hin und her in viele Städte und half rauben, stehlen und nehmen, wie es seine Gewohnheit war.

Eines Tages begab es sich, daß sie zu Hause waren und still lagen. Als es Imbißzeit wurde, ging Eulenspiegel in die Küche. Da sprach der Koch zu ihm: „Junge, geh in den Keller, da steht ein irdener Hafen oder Topf, darin ist Senep (so auf sächsisch genannt), den bring mir her!“ Eulenspiegel sagte ja und hatte doch seinen Lebtag noch keinen Senep oder Senf gesehen. Und als er in dem Keller den Topf mit Senf fand, dachte er: was mag der Koch damit tun wollen? Ich meine, er will mich damit binden. Und er dachte weiter: mein Junker hat mich geheißen, wo ich solches Kraut fände, sollte ich hineinscheißen. Und er hockte sich über den Topf mit Senf, schiß ihn voll, rührte um und brachte ihn so dem Koch.

Was geschah? Der Koch machte sich keine weiteren Gedanken, richtete eilends in einem Schüsselchen den Senf an und schickte ihn zu Tische. Der Junker und seine Gäste tunkten in den Senf: der schmeckte ganz übel. Der Koch wurde geholt und gefragt, was er für Senf gemacht habe. Und der Koch kostete auch den Senf, spie aus und sprach: „Der Senf schmeckt, als wär darein geschissen worden." Da fing Eulenspiegel an zu lachen. Sein Junker sprach: „Was lachst du so spöttisch? Meinst du, wir können nicht schmecken, was das ist? Willst du es nicht glauben, so komm und schmeck hier den Senf auch!" Eulenspiegel sagte: „Ich esse das nicht. Wißt Ihr nicht, was Ihr mich geheißen habt am Feld auf der Straße? Wo ich das Kraut sähe, so sollte ich darein scheißen, denn man pflege die Räuber damit zu henken und zu erwürgen. Als mich der Koch in den Keller nach dem Senep schickte, habe ich darein getan nach Eurem Geheiß." Da sprach der Junker: „Du verwünschter Schalk, das soll dein Unglück sein! Das Kraut, das ich dir zeigte, das heißt Henep oder Hanf. Was dich der Koch bringen ließ, das heißt Senep oder Senf. Du hast das aus Bosheit getan!" Und er nahm einen Knüppel und wollte ihn damit schlagen. Aber Eulenspiegel war behend, entlief ihm von der Burg und kam nicht wieder.

Die 11. Historie sagt, wie Eulenspiegel sich in Hildesheim bei einem Kaufmann als Koch und Stubenheizer verdingte und sich dort sehr schalkhaftig benahm.

Rechts in der Straße, die in Hildesheim vom Heumarkt führt, wohnte ein reicher Kaufmann. Der ging einmal vor dem Tor spazieren und wollte in seinen Garten gehen. Unterwegs fand er Eulenspiegel auf einem grünen Acker liegen, grüßte und fragte ihn, was er für ein Handwerksgeselle sei und welche Geschäfte er triebe. Eulenspiegel antwortete ihm klüglich und mit heimlichem Spott, er sei ein Küchenjunge und habe keinen Dienst. Da sprach der Kaufmann zu ihm: „Wenn du tüchtig sein willst, nehme ich dich selber auf und gebe dir neue Kleider und einen guten Sold. Denn ich habe eine Frau, die zankt alle Tage wegen des Kochens; deren Dank meine ich wohl zu verdienen." Eulenspiegel gelobte ihm große Treue und Redlichkeit.

Darauf nahm ihn der Kaufmann in seinen Dienst und fragte ihn, wie er hieße. „Herr, ich heiße Bartholomäus." Der Kaufmann sprach: „Das ist ein langer Name, man kann ihn nicht gut aussprechen. Du sollst Doll heißen."

Eulenspiegel sagte: „ja, lieber Junker, es ist mir gleich, wie ich heiße.“ „Wohlan“, sprach der Kaufmann, „du bist mir ein rechter Knecht. Komm her, komm her, geh mit mir in meinen Garten. Wir wollen Kräuter mit uns heimtragen und junge Hühner damit füllen. Denn ich habe für den nächsten Sonntag Gäste eingeladen, denen wollte ich gern etwas Gutes antun.“ Eulenspiegel ging mit ihm in den Garten und schnitt Rosmarin. Damit wollte er etliche Hühner auf welsche Art füllen, die restlichen Hühner mit Zwiebeln, Eiern und anderen Kräutern. Dann gingen sie miteinander nach Hause.

Als die Frau den seltsam gekleideten Gast sah, fragte sie ihren Mann, was das für ein Gesell sei, was er mit ihm tun wolle und ob er Sorge habe, das Brot im Hause werde schimmlig. Der Kaufmann sagte: „Frau, sei zufrieden. Er soll dein eigner Knecht sein; denn er ist ein Koch.“ Die Frau sprach: „Ja, lieber Mann, wenn er gute Dinge kochen könnte!“ „Sei zufrieden“, sprach der Mann, „morgen sollst du sehen, was er kann.“ Dann rief er Eulenspiegel: „Doll!“ Der antwortete: „Junker!“ „Nimm einen Sack und geh mit zu den Fleischbänken. Wir wollen Fleisch und einen Braten holen.“ Also folgte er ihm nach. Da kaufte sein Junker Fleisch und einen Braten und sprach zu ihm: „Doll, setze den Braten morgens bald auf und laß ihn kühl und langsam braten, damit er nicht anbrennt. Das andere Fleisch setz auch beizeiten dazu, damit es zum Imbiß gesotten ist.“ Eulenspiegel sagte ja, stand früh auf und setzte die Speise aufs Feuer. Den Braten aber steckte er an einen Spieß und legte ihn zwischen zwei Fässer Einbecker Biers in den Keller, damit er kühl liege und nicht anbrenne.

Da der Kaufmann den Stadtschreiber und andere gute Freunde zu Gast geladen hatte, kam er und wollte nachsehen, ob die Gäste schon gekommen und ob die Kost auch bereit sei. Und er fragte seinen neuen Knecht danach. Der antwortete: „Es ist alles bereit außer dem Braten“. „Wo ist der Braten“? sprach der Kaufmann. „Er liegt im Keller zwischen zwei Fässern. Ich wußte im ganzen Haus keinen kälteren Ort, um ihn kühl zu legen, wie Ihr sagtet.“ „Ist er denn fertig gebraten?“ fragte der Kaufmann. „Nein“, sprach Eulenspiegel, „ich wußte nicht, wann Ihr ihn haben wolltet.“

Inzwischen kamen die Gäste; denen erzählte der Kaufmann von seinem neuen Knecht und wie er den Braten in den Keller gelegt habe. Darüber lachten sie und hielten es für einen guten Scherz. Aber die Frau war um der Gäste willen nicht damit zufrieden und sagte dem Kaufmann, er solle den Knecht gehen lassen. Sie wolle ihn im Hause nicht länger leiden, sie sähe, daß er ein Schalk sei. Der Kaufmann sprach: „Liebe Frau, gib dich zufrieden! Ich brauche ihn für eine Reise nach der Stadt Goslar. Wenn ich wiederkomme will ich ihn entlassen." Kaum konnte er die Frau dazu überreden, sich damit abzufinden.

Als sie des Abends aßen und tranken und guter Dinge waren, sprach der Kaufmann: „Doll, richte den Wagen her und schmiere ihn! Wir wollen morgen nach Goslar fahren. Ein Pfaffe, Herr Heinrich Hamenstede, ist dort zu Hause und will mitfahren." Eulenspiegel sagte ja und fragte, was für eine Schmiere er nehmen solle. Der Kaufmann warf ihm einen Schilling zu und sprach: „Geh und kauf Wagenschmiere, und laß die Frau altes Fett dazutun!" Eulenspiegel tat also; und als alle schliefen, beschmierte er den Wagen innen und außen und am allermeisten da, wo man zu sitzen pflegt.

Des Morgens früh stand der Kaufmann mit dem Pfaffen auf und hieß Eulenspiegel, die Pferde anzuspannen. Das tat er. Sie saßen auf und fuhren ab. Da hob der Pfaffe an und sagte: „Was, beim Galgen, ist hier so fettig? Ich will mich festhalten, daß der Wagen mich nicht so rüttelt, und beschmiere mir die Hände überall." Sie hießen Eulenspiegel anzuhalten und sagten zu ihm, sie seien beide hinten und vorne beschmiert, und wurden zornig über ihn. Währenddem kam ein Bauer mit einem Fuder Stroh vorbei, der zum Markt fahren wollte. Dem kauften sie einige Bündel ab, wischten den Wagen aus und saßen wieder auf. Da sagte der Kaufmann zornerfüllt zu Eulenspiegel: „Du gottverlassener Schalk, daß dir nimmer Glück geschehe! Fahr fort an den lichten Galgen!" Das tat Eulenspiegel. Als er unter den Galgen kam, hielt er an und spannte die Pferde aus. Da sprach der Kaufmann zu ihm: „Was willst du machen, oder was meinst du damit, du Schalk?" Eulenspiegel sagte: „Ihr hießet mich, unter den Galgen zu fahren. Da sind wir. Ich meinte, wir wollten hier rasten." Der Kaufmann sah aus dem Wagen: sie hielten unter dem Galgen. Was sollten sie tun? Sie lachten über die Narretei, und der Kaufmann sagte: „Spann wieder an, du Schalk, fahr geradeaus und sieh dich nicht um!"

Nun zog Eulenspiegel den Nagel aus dem Landwagen, und als er eine Ackerlänge gefahren war, ging der Wagen auseinander. Das Hintergestell mit dem Verdeck blieb stehen, und Eulenspiegel fuhr allein weiter. Sie riefen ihm nach und liefen, daß ihnen die Zunge aus dem Halse hing, bis sie ihn einholten. Der Kaufmann wollte ihn totschlagen, und der Pfaffe half ihm, so gut er konnte.

Die 12. Historie sagt, wie Eulenspiegel dem Kaufmann in Hildesheim das Haus räumte.

Als sie die Reise vollbracht hatten und wieder nach Hause kamen, fragte die Frau den Kaufmann, wie es ihnen ergangen sei. „Seltsam genug", sagte er, „doch kamen wir wieder zurück." Dann rief er Eulenspiegel und sagte: „Kumpan, diese Nacht bleib noch hier, iß und trink dich voll, aber morgen räume mir das Haus! Ich will dich nicht länger haben. Du bist ein betrügerischer Schalk, wo du auch herkommst." Eulenspiegel sprach: „Lieber Gott, ich tue alles, was man mich heißet; und doch kann ich keinen Dank verdienen. Aber gefallen Euch meine Dienste nicht, so will ich morgen nach Euern Worten das Haus räumen und wandern." „Ja, das tue nur", sprach der Kaufmann.

Am andern Tag stand der Kaufmann auf und sagte zu Eulenspiegel: „Iß und trink dich satt und dann trolle dich! Ich will in die Kirche gehen. Laß dich nicht wieder sehen!" Eulenspiegel schwieg. Sobald der Kaufmann aus dem Haus war, begann er zu räumen. Stühle, Tische, Bänke und was er tragen und schleppen konnte, brachte er auf die Gasse, auch Kupfer, Zinn und Wachs. Die Nachbarn wunderten sich, was daraus werden sollte, daß man alles Gut auf die Gasse brachte.

Davon erfuhr der Kaufmann. Er kam schnell herbei und sprach zu Eulenspiegel: „Du braver Knecht, was tust du hier? Find ich dich noch hier?“ „Ja, Junker, ich wollte erst Euren Willen erfüllen, denn Ihr hießet mich, das Haus zu räumen und danach zu wandern.“ Und er sprach weiter: „Greift mit zu, die Tonne ist mir zu schwer, ich kann sie allein nicht bewältigen.“ „Laß sie liegen“, sagte der Kaufmann, „und gehe zum Teufel! Das alles hat zuviel gekostet, als daß man es in den Dreck werfen könnte.“ „Lieber Herrgott“, sprach Eulenspiegel, „ist das nicht ein großes Wunder? Ich tue alles, was man mich heißet, und kann doch keinen Dank verdienen. Es ist wahr: ich bin in einer unglücklichen Stunde geboren.“ Damit ging Eulenspiegel von dannen und ließ den Kaufmann wieder hineinschleifen, was er ausgeräumt hatte, so daß die Nachbarn noch lange lachten.

Die 13. Historie sagt, wie sich Eulenspiegel bei einem Pfarrer verdingte und wie er ihm die gebratenen Hühner vom Spieß aß.

In dem Lande Braunschweig liegt im Stift Magdeburg das Dorf Büddenstedt. Dort kam Eulenspiegel in des Pfaffen Haus. Der Pfaffe dingte ihn als Knecht, kannte ihn aber nicht. Und er sprach zu ihm, er solle gute Tage und einen guten Dienst bei ihm haben; essen und solle er das Beste, ebensogut wie seine Haushälterin. Alles, was er tun müsse, könne er mit halber Arbeit tun. Eulenspiegel sagte ja dazu, er wolle sich danach richten. Und er sah, daß des Pfaffen Köchin nur ein Auge hatte. Die Haushälterin schlachtete gleich zwei Hühner, steckte sie zum Braten an den Spieß und hieß Eulenspiegel, sich zum Herd zu setzen und die Hühner umzuwenden. Eulenspiegel war dazu bereit und wendete die zwei Hühner am Feuer um.

Und als sie gar gebraten waren, dachte er: Als der Pfaffe mich dingte, sagte er doch, ich solle so gut essen und trinken wie er und seine Köchin; das könnte bei diesen Hühnern nicht in Erfüllung gehen; und dann würden des Pfaffen Worte nicht wahr sein, und ich äße auch von den gebratenen Hühnern nicht; ich will so klug sein und davon essen, damit seine Worte wahr bleiben. Und er nahm das eine Huhn vom Spieß und aß es ohne Brot.

Als es Essenszeit werden wollte, kam des Pfaffen einäugige Haushälterin zum Feuer und wollte die Hühner beträufeln. Da sah sie, daß nur ein Huhn am Spieß steckte, und sagte zu Eulenspiegel: „Der Hühner waren doch zwei! Wo ist das eine hingekommen?" Eulenspiegel sprach: „Frau, tut Euer anderes Auge auch auf, dann seht Ihr alle beide Hühner." Als er so über die Köchin wegen ihres einen Auges herzog, wurde sie unwillig und zürnte Eulenspiegel. Sie lief zum Pfaffen und erzählte ihm, wie sein feiner Knecht sie verspottet habe wegen ihres einen Auges. Sie habe zwei Hühner an den Spieß gesteckt, aber nicht mehr als ein Huhn vorgefunden, als sie nachsah, wie er briet.

Der Pfaffe ging in die Küche zum Feuer und sprach zu Eulenspiegel: „Was spottest du über meine Magd? Ich sehe sehr gut, daß nur ein Huhn am Spieß steckt, und es sind ihrer doch zwei gewesen." Eulenspiegel sagte: „Ja, es sind ihrer zwei gewesen." Der Pfaffe sprach: „Wo ist denn das andere geblieben?" Eulenspiegel sagte: „Das steckt doch da! Tut Eure beiden Augen auf, so seht Ihr, daß ein Huhn am Spieß steckt! Das sagte ich auch zu Eurer Köchin; da wurde sie zornig." Da fing der Pfaffe an zu lachen und sprach: „Meine Magd kann nicht beide Augen aufmachen, denn sie hat nur eins." Da sprach Eulenspiegel: „Herr, das sagt Ihr, nicht ich." Der Pfaffe meinte: „Das ist geschehen, und dabei bleibt es; aber das eine Huhn ist dennoch weg." Eulenspiegel sprach: „Nun ja, das eine ist weg und das andere steckt noch. Ich habe das eine gegessen, da Ihr gesagt hattet, ich sollte ebenso gut essen und trinken wie Ihr und Eure Magd. Es tat mir leid, daß Ihr gelogen haben würdet, wenn Ihr die beiden Hühner miteinander gegessen hättet und ich nichts davon bekommen hätte. Damit Ihr an Euren Worten nicht zum Lügner würdet, aß ich das eine Huhn auf." Der Pfaffe war damit zufrieden und sprach: „Mein lieber Knecht, es ist mir nicht um einen Braten zu tun; aber künftig tue nach dem Willen meiner Haushälterin, wie sie es gern sieht." Eulenspiegel sagte: „ja, lieber Herr, gewiß, wie Ihr mich heißet."

Was danach die Haushälterin Eulenspiegel tun hieß, das tat er nur zur Hälfte. Wenn er einen Eimer mit Wasser holen sollte, so brachte er ihn halb voll, und wenn er zwei Stücke Holz fürs Feuer holen sollte, so brachte er ein Stück. Sollte er dem Stier zwei Bunde Heu geben, so gab er ihm nur eins, sollte er ein Maß Wein aus dem Wirtshaus bringen, so brachte er ein halbes. Dergleichen tat er in vielen Dingen. Die Köchin merkte wohl, daß er ihr das zum Verdruß tat. Aber sie wollte ihm selbst nichts sagen, sondern beklagte sich über ihn bei dem Pfaffen. Da sagte der Pfaffe zu Eulenspiegel: „Lieber Knecht, meine Magd klagt über dich, und ich bat dich doch, alles zu tun, was sie gern sieht." Eulenspiegel sprach: „Ja, Herr, ich habe auch nichts anderes getan, als was Ihr mich geheißen habt. Ihr sagtet mir, ich könne Euren Dienst mit halber Arbeit tun. Und Eure Magd sähe gern mit beiden Augen, aber sie sieht doch nur mit einem Auge. Sie sieht nur halb, also tue ich halbe Arbeit." Der Pfaffe lachte, aber die Haushälterin wurde zornig und sprach: „Herr, wenn Ihr diesen nichtsnutzigen Schalk länger als Knecht behalten wollt, so gehe ich von Euch fort." So mußte der Pfaffe seinem Knecht Eulenspiegel gegen seinen Willen den Abschied geben.

Doch verhandelte er mit den Bauern, denn der Küster des Dorfes war kürzlich gestorben. Und da die Bauern einen Küster nicht entbehren konnten, beriet und einigte sich der Pfaffe mit ihnen, daß sie Eulenspiegel zum Küster machten.

Die 14. Historie sagt, wie Eulenspiegel in dem Dorf Büddenstedt Küster wurde und wie der Pfarrer in die Kirche schiß, so daß Eulenspiegel eine Tonne Bier damit gewann.

Als Eulenspiegel in dem Dorf Küster geworden war, konnte er laut singen, wie es sich für einen Mesner gehört. Nachdem der Pfaffe mit Eulenspiegel wieder einen Küster hatte, stand er einmal vor dem Altar, zog sich an und wollte die Messe halten. Eulenspiegel stand hinter ihm und ordnete ihm sein Meßgewand. Da ließ der Pfaffe einen großen Furz, so daß es durch die ganze Kirche schallte. Da sprach Eulenspiegel: „Herr, wie ist das? Opfert Ihr dies unserm Herrn statt Weihrauch hier vor dem Altar?“ Der Pfaffe sagte: „Was fragst du danach? Das ist meine Kirche. Ich habe die Macht, mitten in die Kirche zu scheißen.“ Eulenspiegel sprach: „Das soll Euch und mir eine Tonne Bier gelten, ob Ihr das tun könnt.“ Der Pfaffe sagte: „ja, das soll gelten.“ Sie wetteten miteinander und der Pfaffe sprach: „Meinst du, daß ich nicht so keck bin?“ Und er kehrte sich um, machte einen großen Haufen in die Kirche und sprach: „Sieh, Herr Küster, ich habe die Tonne Bier gewonnen.“ Eulenspiegel sagte: „Nein, Herr, erst wollen wir messen, ob es mitten in der Kirche ist, wie Ihr sagtet.“ Eulenspiegel maß es aus: da fehlte wohl ein Viertel bis zu Mitte der Kirche. Also gewann Eulenspiegel die Tonne Bier.

Da wurde die Haushälterin des Pfaffen wiederum zornig und sprach: „Ihr wollt von dem schalkhaftigen Knecht nicht lassen, bis daß er Euch durchaus in Schande bringt.“

Die 15. Historie sagt, wie Eulenspiegel in der Ostermesse ein Spiel machte, daß sich der Pfarrer und seine Haushälterin mit den Bauern rauften und schlugen.

Als Ostern nahte, sagte der Pfarrer zu seinem Küster Eulenspiegel: „Es ist hier Sitte, daß die Bauern jeweils in der Osternacht ein Osterspiel aufführen, wie unser Herr aus dem Grabe aufersteht.“ Dazu müsse er helfen, denn es sei Brauch, daß die Küster es zurichten und leiten. Da dachte Eulenspiegel: Wie soll das Marienspiel vor sich gehen mit den Bauern? Und er sprach zu dem Pfarrer: „Es ist doch kein Bauer hier, der gelehrt ist. Ihr müßt mir Eure Magd dazu leihen. Die kann schreiben und lesen.“ Der Pfarrer sagte: „Ja, ja, nimm nur dazu, wer dir helfen kann, es sei Weib oder Mann; auch ist meine Magd schon mehrmals dabei gewesen.“ Der Haushälterin war das lieb; sie wollte der Engel im Grabe sein, denn sie konnte den Spruch dazu auswendig. Da suchte Eulenspiegel zwei Bauern und nahm sie mit sich; er und sie wollten die drei Marien sein. Und Eulenspiegel lehrte den einen Bauern seine Verse auf lateinisch. Der Pfarrer war unser Herrgott und sollte aus dem Grabe auferstehen.

Als Eulenspiegel mit seinen zwei Bauern vor das Grab kam – sie waren als Marien angezogen -, sprach die Haushälterin als Engel im Grab ihren Spruch auf lateinisch: „Quem quaeritis? Wen suchet Ihr hier?“ Da sprach der eine Bauer – die vorderste Marie -, wie ihn Eulenspiegel gelehrt hatte: „Wir suchen eine alte, einäugige Pfaffenhure.“ Als die Magd hörte, daß sie ihres einen Auges wegen verspottet wurde, ward sie giftig und zornig auf Eulenspiegel, sprang aus dem Grab und wollte ihm mit den Fäusten ins Gesicht hauen. Sie schlug aufs Geratewohl zu und traf den einen Bauern, so daß ihm ein Auge anschwoll. Als das der andere Bauer sah, schlug auch er mit der Faust drein und traf die Haushälterin an den Kopf, daß ihr die Flügel abfielen. Da das der Pfarrer sah, ließ er die Fahne fallen und kam seiner Magd zu Hilfe. Er fiel dem einen Bauern ins Haar und raufte sich mit ihm vor dem Grabe. Als das die anderen Bauern sahen, liefen sie hinzu, und es entstand ein großes Geschrei. Der Pfaffe mit der Köchin lagen unten, die beiden Bauern, die die Marien spielten, lagen auch unten, so daß die Bauern sie auseinander ziehen mußten.

Eulenspiegel aber hatte die Gelegenheit wahrgenommen und sich rechtzeitig davongemacht. Er lief aus der Kirche hinaus, ging aus dem Dorf und kam nicht wieder. Gott weiß, wo sie einen anderen Küster hernahmen!

Die 16. Historie sagt, wie Eulenspiegel in Magdeburg verkündete, vom Rathauserker fliegen zu wollen, und wie er die Zuschauer mit Spottreden zurückwies.

Bald nach dieser Zeit, als Eulenspiegel ein Küster gewesen war, kam er in die Stadt Magdeburg und vollführte dort viele Streiche. Davon wurde sein Name so bekannt, daß man von Eulenspiegel allerhand zu erzählen wußte. Die angesehensten Bürger der Stadt baten ihn, er solle etwas Abenteuerliches und Gauklerisches treiben. Da sagte er, er wolle das tun und auf das Rathaus steigen und vom Erker herabfliegen. Nun erhob sich ein Geschrei in der ganzen Stadt. jung und alt versammelten sich auf dem Markt und wollten sehen, wie er flog.

Eulenspiegel stand auf dem Erker des Rathauses, bewegte die Arme und gebärdete sich, als ob er fliegen wolle. Die Leute standen, rissen Augen und Mäuler auf und meinten tatsächlich, daß er fliegen würde. Da begann Eulenspiegel zu lachen und rief: „Ich meinte, es gäbe keinen Toren oder Narren in der Welt außer mir. Nun sehe ich aber, daß hier die ganze Stadt voller Toren ist. Und wenn ihr mir alle sagtet, daß ihr fliegen wolltet, ich glaubte es nicht. Aber ihr glaubt mir, einem Toren! Wie sollte ich fliegen können? Ich bin doch weder Gans noch Vogel! Auch habe ich keine Fittiche, und ohne Fittiche oder Federn kann niemand fliegen. Nun seht ihr wohl, daß es erlogen ist."

Damit kehrte er sich um, lief vom Erker und ließ das Volk stehen. Die einen fluchten, die anderen lachten und sagten: „Ist er auch ein Schalksnarr, so hat er dennoch wahr gesprochen!"

Die 17. Historie sagt, wie Eulenspiegel sich für einen Arzt ausgab und des Bischofs von Magdeburg Doktor behandelte, der von ihm betrogen wurde.

In Magdeburg war ein Bischof namens Bruno, ein Graf von Querfurt. Der hörte von Eulenspiegels Streichen und ließ ihn nach Schloß Giebichenstein kommen. Dem Bischof gefielen Eulenspiegels Schwänke sehr, und er gab ihm Kleider und Geld. Auch die Diener mochten ihn gar wohl leiden und trieben viel Kurzweil mit ihm.

Nun hatte der Bischof einen Doktor bei sich, der sich sehr gelehrt und weise dünkte. Aber des Bischofs Hofgesinde war ihm nicht wohlgesinnt. Dieser Doktor hatte nicht gerne Narren um sich. Deshalb sprach der Doktor zum Bischof und zu seinen Räten: „Man soll weisen Leuten an der Herren Höfe Aufenthalt geben und aus mancherlei Gründen nicht solchen Narren." Die Ritter und das Hofgesinde erklärten dazu, die Ansicht des Doktors sei nicht richtig. Wer Eulenspiegels Torheiten nicht hören möchte, der könne ja weggehen; niemand sei zu ihm gezwungen. Der Doktor entgegnete: „Narren zu Narren und Weise zu Weisen! Hätten die Fürsten weise Leute bei sich, so stünde ihnen die Weisheit immer vor Augen. Wenn sie Narren bei sich halten, so lernen sie Narretei." Da sprachen etliche: „Wer sind die Weisen, die weise zu sein glauben? Man findet ihrer viele, die von Narren betrogen worden sind. Es ziemt sich für Fürsten und Herren wohl, allerlei Volk an ihren Höfen zu halten. Denn mit Toren vertreiben sie mancherlei Phantasterei, und wo Herren sind, wollen die Narren auch gern sein." Also kamen die Ritter und die Hofleute zu Eulenspiegel und legten es darauf an, daß er einen Plan machte. Sie baten ihn, er möge sich einen Streich ausdenken, und wollten ihm, ebenso wie der Bischof, dabei helfen. Dem Doktor solle sein Weisheitsdünkel vergolten werden, wie er gehört habe. Eulenspiegel sprach: „Ja, ihr Edlen und Ritter, wenn ihr mir dabei helfen wollt, soll es dem Doktor heimgezahlt werden." So wurden sie sich einig.

Da zog Eulenspiegel vier Wochen lang über Land und überlegte, wie er mit dem Doktor umgehen wollte. Bald hatte er etwas gefunden und kam wieder zum Giebichenstein. Er verkleidete sich und gab sich als Arzt aus, denn der Doktor bei dem Bischof war oft krank und nahm viele Arzneien. Die Ritter sagten dem Doktor des Bischofs, ein Doktor der Medizin sei gekommen; der sei vieler Arzneikünste kundig. Der Doktor erkannte Eulenspiegel nicht und ging zu ihm in seine Herberge. Schon nach kurzer Unterhaltung nahm er ihn mit sich auf die Burg. Sie kamen miteinander ins Gespräch, und der Doktor sagte zum Arzt: „Könnt Ihr mir helfen von meiner Krankheit, so will ich es Euch wohl lohnen." Eulenspiegel antwortete ihm mit Worten, wie sie die Ärzte in solchen Fällen zu sagen pflegen. Er gab vor, er müsse eine Nacht bei ihm liegen, damit er desto besser feststellen könne, wie er von Natur geartet sei. „Denn ich möchte Euch gern etwas geben, bevor Ihr schlafen geht, damit Ihr davon schwitzt. Am Schweiß werde ich merken, was Eure Krankheit ist." Der Doktor ging mit Eulenspiegel zu Bett und meinte, alles, was ihm Eulenspiegel gesagt hatte, sei wahr.

Eulenspiegel gab dem Doktor ein scharfes Abführmittel ein. Der glaubte, er solle davon schwitzen, und wußte nicht, daß es zum Abführen war. Eulenspiegel nahm ein Steingefäß und tat einen Haufen seines Kotes hinein. Und er stellte den Topf mit dem Dreck zwischen die Wand und den Doktor auf die Bettkante. Der Doktor lag an der Wand, und

Eulenspiegel lag vorn im Bett. Der Doktor hatte sich gegen die Wand gekehrt. Da stank ihm der Dreck im Topf in die Nase, so daß er sich umwenden mußte zu Eulenspiegel. Sobald sich der Doktor aber zu Eulenspiegel gekehrt hatte, ließ dieser einen lautlosen Furz, der sehr übel stank. Da drehte sich der Doktor wieder um, und der Dreck aus dem Topf stank ihn wieder an. So trieb es Eulenspiegel mit dem Doktor fast die halbe Nacht.

Dann wirkte das Abführmittel und trieb so scharf, schnell und stark, daß sich der Doktor ganz verunreinigte und ekelhaft stank. Da sprach Eulenspiegel zum Doktor: „Wie nun, würdiger Doktor? Euer Schweiß hat schon lange abscheulich gestunken. Wie kommt es, daß Ihr solchen Schweiß schwitzt? Er stinkt sehr übel!" Der Doktor lag und dachte: das rieche ich auch! Und er war des Gestankes so voll geworden, daß er kaum reden konnte. Eulenspiegel sprach: „Liegt nur still! Ich will gehen und ein Licht holen, damit ich sehen kann, wie es um Euch steht." Als sich Eulenspiegel aufrichtete, ließ er noch einen starken Furz schleichen und sagte: „O weh, mir wird auch schon ganz schwach; das habe ich von Eurer Krankheit und von Eurem Gestank bekommen." Der Doktor lag und war so krank, daß er sein Haupt kaum aufrichten konnte, und dankte dem allmächtigen Gott, daß der Arzt von ihm ging. jetzt bekam er ein wenig Luft. Denn wenn der Doktor in der Nacht aufstehen wollte, hatte ihn Eulenspiegel festgehalten, so daß er sich nicht aufrichten konnte, und gesagt, vorher müsse er erst genügend schwitzen.

Als Eulenspiegel aufgestanden und aus der Kammer gegangen war, lief er hinweg von der Burg.

Indessen wurde es Tag. Da sah der Doktor den Topf an der Wand stehen mit dem Dreck. Und er war so krank, daß sein Gesicht vom Gestank ganz angegriffen aussah. Die Ritter und Hofleute sahen den Doktor und boten ihm einen guten Morgen. Der Doktor redete ganz schwächlich, konnte ihnen kaum antworten und legte sich in den Saal auf eine Bank und ein Kissen. Da holten die Hofleute den Bischof hinzu und fragten den Doktor, wie es ihm mit dem Arzt ergangen sei. Der Doktor antwortete: „Ich bin von einem Schalk überrumpelt worden. Ich wähnte, es sei ein Doktor der

Medizin, doch es ist ein Doktor der Betrügerei." Und er erzählte ihnen alles, wie es ihm ergangen war.

Da begannen der Bischof und alle Hofleute sehr zu lachen und sprachen: „Es ist ganz nach Euern Worten geschehen. Ihr sagtet, man solle sich nicht um Narren kümmern, denn der Weise würde töricht bei Toren. Aber Ihr seht, daß einer wohl durch Narren klug gemacht wird. Denn der Arzt ist Eulenspiegel gewesen. Den habt Ihr nicht erkannt und habt ihm geglaubt; von dem seid Ihr betrogen worden. Aber wir, die wir uns mit seiner Narrheit abgaben, kannten ihn wohl. Wir mochten Euch aber nicht warnen, zumal Ihr gar so klug sein wolltet. Niemand ist so weise, daß er nicht auch Toren kennen sollte. Und wenn nirgendwo ein Narr wäre, woran sollte man dann die Weisen erkennen?" Da schwieg der Doktor still und wagte nicht mehr zu klagen.

Die 18. Historie sagt, wie Eulenspiegel Brot kaufte nach dem Sprichwort: „Wer Brot hat, dem gibt man Brot".

Treue gibt Brot. Als Eulenspiegel den Doktor betrogen hatte, kam er danach gen Halberstadt. Er ging auf dem Markt umher und sah, daß es ein harter und kalter Winter war. Da dachte er: der Winter ist hart, und der Wind weht dazu scharf; du hast doch oft gehört: Wer Brot hat, dem gibt man Brot. Und er kaufte für zwei Schillinge Brot, nahm einen Tisch und stellte sich vor dem Dom von Sankt Stephan auf. Er hielt sein Brot feil und trieb solange Gauklerei, bis ein Hund kam, ein Brot vom Tisch nahm und damit den Domhof hinauflief. Eulenspiegel lief dem Hund nach. Unterdessen kam eine Sau mit zehn jungen Ferkeln und stieß den Tisch um; ein jegliches Tier nahm ein Brot ins Maul und lief damit hinweg.

Da fing Eulenspiegel an zu lachen und sagte: „Nun sehe ich klar, daß die Worte falsch sind, wenn man spricht: wer Brot hat, dem gibt man Brot. Ich hatte Brot, und das wurde mir genommen." Und er sprach weiter: „O Halberstadt, Halberstadt, du führst deinen Namen mit Recht. Dein Bier und deine Kost schmecken wohl, aber deine Geldbeutel sind von Sauleder gemacht." Und er zog wieder gen Braunschweig.

Die 19. Historie sagt, wie Eulenspiegel immer ein falbes Pferd ritt und nicht gerne war, wo Kinder waren.

Eulenspiegel war allezeit gern in Gesellschaft. Aber zeit seines Lebens gab es drei Dinge, die er floh.

Erstens ritt er kein graues, sondern immer ein falbes Pferd, trotz des Spottes. Zweitens wollte er nirgends bleiben, wo Kinder waren, denn man beachtete die Kinder wegen ihrer Munterkeit mehr als ihn. Und drittens war er nicht gern bei einem allzu freigebigen Wirt zur Herberge. Denn ein solcher Wirt achtet nicht auf sein Gut und ist gewöhnlich ein Tor. Dort war auch nicht die Gesellschaft, von der Gewinn zu erwarten war usw.

Auch bekreuzigte sich Eulenspiegel alle Morgen vor gesunder Speise, vor großem Glück und vor starkem Getränk. Denn gesunde Speise, das sei doch nur Kraut, so gesund es auch sein möge. Ferner bekreuzigte er sich vor der Speise aus der Apotheke, denn obwohl auch sie gesund sei, sei sie doch ein Zeichen von Krankheit. Und das sei das große Glück: wenn irgendwo ein Stein von dem Dach fiele oder ein Balken von dem Haus, pflege man zu sagen: „Hätte ich dort gestanden, so hätte mich der Stein oder der Balken erschlagen. Das war mein großes Glück.“ Solches Glück wollte er gern entbehren. Das starke Getränk sei das Wasser. Denn das Wasser treibe mit seiner Stärke große Mühlräder, auch trinke sich mancher gute Geselle den Tod daran.

Die 20. Historie sagt, wie ein Bauer Eulenspiegel auf einen Karren setzte, darin er Pflaumen zum Markt nach Einbeck fahren wollte, die Eulenspiegel beschiß.

Die durchlauchtigen und hochgeborenen Fürsten von Braunschweig hielten einmal in der Stadt Einbeck ein Turnierfest mit Rennen und Stechen ab. Dazu kamen viele fremde Fürsten und Herren, Ritter und Knechte mit ihren Hintersassen. Das war im Sommer, als die Pflaumen und anderes Obst reif waren. In Oldendorf bei Einbeck lebte ein braver, einfältiger Bauersmann, der hatte einen Garten mit Pflaumenbäumen. Er ließ einen Karren voll Pflaumen pflücken und wollte damit nach Einbeck fahren, weil dort viel Volks war und er deshalb meinte, die Pflaumen besser zu verkaufen als zu anderen Zeiten.

Als er vor die Stadt kam, lag da Eulenspiegel unter einem grünen Baum im Schatten. Er hatte sich am Hof der Herren so überfressen und betrunken, daß er weder essen noch trinken konnte und eher einem toten Menschen als einem lebendigen glich. Als nun der brave Mann an ihm vorbeifuhr, da redete Eulenspiegel den Mann so kläglich an, wie er es zuwege brachte, und sprach: „Ach, guter Freund, sieh her, ich liege hier so krank drei Tage und Nächte ohne aller Menschen Hilfe. Wenn ich noch einen Tag so liegen soll, muß ich vor Hunger und Durst sterben. Darum fahre mich um Gottes willen nach der Stadt." Der gute Mann sprach: „Ach, lieber Freund, ich wollte das recht gern tun. Aber ich habe Pflaumen auf dem Karren. Wenn ich dich darauf setze, so machst du sie mir alle zuschanden." Eulenspiegel sagte: „Nimm mich mit, ich will mich vorn auf dem Karren behelfen."

Der Mann war alt und mußte sich sehr anstrengen, ehe er den Schalk, der sich möglichst schwer machte, auf den Karren brachte. Um des Kranken willen fuhr der Bauer desto langsamer.

Als nun Eulenspiegel eine Weile gefahren war, zog er das Stroh von den Pflaumen, erhob sich heimlich etwas hinter dem Rücken des Bauern und beschiß dem armen Mann die Pflaumen ganz schändlich. Dann zog er das Stroh wieder darüber.

Als der Bauer an die Stadt kam, rief Eulenspiegel: „Halt, halt! Hilf mir von dem Karren, ich will hier draußen vor dem Tor bleiben!" Der gute Mann half dem argen Schalk von dem Karren und fuhr seine Straße weiter, den nächsten Weg zum Markt. Als er dort angekommen war, spannte er sein Pferd aus und ritt es in die Herberge.

Indessen kamen viele Bürger auf den Markt. Unter ihnen war einer, der immer der erste war, wenn etwas auf den Markt gebracht wurde, und doch selten etwas kaufte. Der kam gleich hinzu, zog das Stroh halb herab und beschmutzte sich die Hände und den Rock. Währenddessen kam der

Bauersmann wieder aus seiner Herberge. Eulenspiegel hatte sich inzwischen verkleidet, kam auch auf einem anderen Weg gegangen und fragte den Bauern: „Was hast du auf den Markt gebracht?“ „Pflaumen“, sagte der Bauer. Eulenspiegel sprach: „Du hast sie als ein arger Schalk gebracht, die Pflaumen sind beschissen, man sollte dir mit den Pflaumen das Land verbieten.“ Der Bauer sah nach, erkannte, daß es so war, und sagte: „Vor der Stadt lag ein kranker Mensch, der sah ebenso aus wie der, der hier steht. Nur hatte er andere Kleider an. Den fuhr ich um Gottes willen bis vor das Tor. Der Schuft hat mir den Schaden angetan.“ Eulenspiegel sprach: „Der Schuft verdiente Prügel.“

Der brave Mann aber mußte die Pflaumen wegfahren auf die Abfallgrube und durfte sie nirgends verkaufen.

Die 21. Historie sagt, wie Eulenspiegel sich bei dem Grafen von Anhalt als Turmbläser verdingte; und wenn Feinde kamen, so blies er sie nicht an, und wenn keine Feinde da waren, so blies er sie an.

Nicht lange danach kam Eulenspiegel zum Grafen von Anhalt und verdingte sich bei ihm als Turmbläser. Der Graf hatte viele Feindschaften und hielt deshalb in dem Städtchen und auf dem Schloß zu dieser Zeit viele Reiter und Hofvolk, die man alle Tage speisen mußte.

Darüber wurde Eulenspiegel auf dem Turm vergessen, so daß ihm keine Speise gesandt wurde. Und am selben Tage kam es dazu, daß des Grafen Feinde vor das Städtlein und das Schloß ritten, die Kühe nahmen und sie alle hinwegtrieben. Eulenspiegel lag auf dem Turme, sah durch das Fenster und machte keinen Lärm, weder mit Blasen noch mit Schreien. Als die Nachricht von den Feinden vor den Grafen kam, damit er ihnen mit den Seinen nacheilte, sahen einige, daß Eulenspiegel auf dem Turm im Fenster lag und lachte. Da rief ihm der Graf zu: „Warum liegst du im Fenster und bist still?“ Eulenspiegel rief herab: „Vor dem Essen rufe oder tanze ich nicht gern.“ Der Graf rief ihm zu: „Willst du nicht die Feinde anblasen?“ Eulenspiegel rief zurück: „Ich darf keine Feinde heranblasen, das Feld wird sonst voll von ihnen, und ein Teil ist schon mit den Kühen hinweg. Bliese ich noch mehr Feinde heran, sie schlügen Euch zu Tode." Für diesmal blieb es bei den Worten.

Der Graf eilte den Feinden nach und stritt mit ihnen. Und Eulenspiegel wurde erneut mit seiner Speise vergessen. Der Graf kehrte zufrieden zurück: er hatte seinen Feinden einen Haufen Rindvieh wieder abgenommen. Das schlachteten und zerlegten sie, sotten und brieten. Eulenspiegel dachte auf dem Turm, wie er auch etwas von der Beute erhielte, und gab darauf acht, wann es Essenszeit sein würde. Da fing er an zu rufen und zu blasen: „Feindio, Feindio!" Der Graf lief mit den Seinen eilends von dem Tisch, auf dem schon das Essen stand. Sie legten ihre Harnische an, nahmen die Waffen in die Hände und eilten sogleich dem Tore zu, um im Felde nach den Feinden Ausschau zu halten. Dieweil lief Eulenspiegel behend und schnell von dem Turm, kam über des Grafen Tisch und nahm sich von den Tafeln Gesottenes und Gebratenes und was ihm sonst gefiel; dann ging er schnell wieder auf den Turm. Als die Reiter und das Fußvolk hinauskamen, sahen sie keine Feinde und sprachen miteinander. „Der Türmer hat das aus Schalkheit getan" und zogen wieder heim, dem Tore zu.

Der Graf rief zu Eulenspiegel hinauf: „Bist du unsinnig und toll geworden?" Eulenspiegel sprach: „Ich bin ohne Arglist. Aber Hunger und Not erdenken manche List." Der Graf sagte: „Warum hast du ›Feindio‹ geblasen, obwohl keiner da war?" Eulenspiegel antwortete: „Weil keine Feinde da waren, mußte ich etliche heranblasen." Da sprach der Graf: „Du krauest dich mit Schalksnägeln. Wenn Feinde da sind, willst du sie nicht anblasen, und wenn keine Feinde da sind, so bläst du sie an. Das könnte wohl Verräterei werden!" Und er setzte ihn ab und dingte an seiner Statt einen anderen Turmbläser. Eulenspiegel mußte nun als Fußknecht mit den anderen herauslaufen. Das verdroß ihn sehr, und er wäre gern von dannen gegangen, konnte aber mit Anstand nicht ohne weiteres davonkommen. Wenn sie gegen die Feinde auszogen, so blieb er stets zurück und war immer der letzte zum Tore hinaus. Wenn sie den Streit beendet hatten und wieder heimkehrten, war er immer der erste zum Tore hinein. Da fragte ihn der Graf, wie er das verstehen sollte: wenn er mit ihm gegen die Feinde auszöge, so sei er stets der letzte, und wenn man heimzöge, sei er der erste. Eulenspiegel sprach: „Ihr solltet mir darüber nicht zürnen. Denn wenn Ihr und Euer Hofgesinde schon aßet, saß ich auf dem Turm und hungerte; davon bin ich kraftlos geworden. Soll ich nun der erste an den Feinden sein, so müßte ich die Zeit wieder einholen und besonders eilen, daß ich auch der erste an der Tafel und der letzte beim Aufstehen sei, damit ich wieder stark werde. Dann will ich wohl der erste und der letzte an den Feinden sein."

„So höre ich wohl" sprach der Graf, „daß du es nur so lange bei mir aushalten wolltest, als du auf dem Turme saßest?" Da sagte Eulenspiegel: „Was jedermanns Recht ist, das nimmt man ihm gern." Und der Graf sprach: „Du sollst nicht länger mein Knecht sein", und gab ihm den Laufpaß. Darüber war Eulenspiegel froh, denn er hatte nicht viel Lust, jeden Tag mit den Feinden zu fechten.

Die 22. Historie sagt, wie Eulenspiegel ein Brillenmacher wurde und in allen Landen keine Arbeit bekommen konnte.

Zornig und zwieträchtig waren die Kurfürsten untereinander, so daß kein römischer Kaiser oder König gewählt wurde. Endlich wurde der Graf von Supplinburg von allen Kurfürsten zum römischen König gekoren. Es waren aber auch andere da, die meinten, sie könnten mit Gewalt in das Reich eindringen. So mußte sich der neu gekorene König sechs Monate vor Frankfurt legen und warten, ob ihn jemand von dort hinwegschlüge.

Als er nun soviel Volk zu Roß und Fuß beieinander hatte, überlegte Eulenspiegel, was es für ihn da zu tun gäbe: Dahin kommen viele fremde Herren, die lassen mich nicht unbeschenkt; werde ich in den Kreis ihres Gefolges aufgenommen, so stehe ich mich gut. Und er machte sich auf den Weg dorthin.

Da zogen die Herren aus allen Landen heran. Und es begab sich in der Wetterau bei Friedberg, daß der Bischof von Trier mit seinem Gefolge Eulenspiegel auf dem Weg nach Frankfurt begegnete. Weil er seltsam gekleidet war, fragte ihn der Bischof, was er für ein Geselle sei. Eulenspiegel antwortete und sagte: „Gnädiger Herr, ich bin ein Brillenmacher und komme aus Brabant. Aber da ist nichts für mich zu tun; darum wandere ich nach Arbeit. Mit unserm Handwerk steht es schlecht.“ Der Bischof sprach: „Ich glaubte, mit deinem Handwerk müßte es von Tag zu Tag besser werden. Die Leute werden doch von Tag zu Tag kränker und können schlechter sehen, weshalb man vieler Brillen bedarf.“

Eulenspiegel antwortete dem Bischof und sagte: „ja, gnädiger Herr, Euer Gnaden sprechen wahr, aber eine Sache verdirbt unser Handwerk.“ Der Bischof fragte: „Was ist das?“ Eulenspiegel sprach: „Darf ich das sagen, ohne daß Euer Gnaden mir deshalb zürnen?“ „Ja“, sagte der Bischof, „wir sind das wohl gewohnt von dir und deinesgleichen. Sag's nur frei heraus und scheue nichts!“ „Gnädiger Herr, das verdirbt das Brillenmacherhandwerk, und es ist zu befürchten, daß es noch ausstirbt: daß Ihr und andere große Herren, Papst, Kardinal, Bischof, Kaiser, König, Fürst, Rat, Regierer und Richter der Städte und Länder (Gott erbarm's!) zu dieser Zeit durch die Finger sehen, was recht ist, und das nur um des Geldes und der Gaben willen. Aber man findet geschrieben, daß vor alten Zeiten die Herren und Fürsten, soviel es ihrer gab, in den Rechtsbüchern zu lesen und zu studieren pflegten, auf daß niemandem Unrecht geschehe. Dazu brauchten sie viele Brillen, und da ging's unserm Handwerk gut. Auch studierten die Pfaffen damals mehr als jetzt; so gingen die Brillen hinweg. Jetzt sind sie so gelehrt geworden von den Büchern, die sie kaufen, daß sie das auswendig können, was sie für ihre Verhältnisse brauchen. Ihre Bücher aber schlagen sie in vier Wochen nicht mehr als einmal auf. Deshalb ist unser Handwerk verdorben, und ich laufe aus einem Land in das andere und kann nirgends Arbeit finden. Der Niedergang ist so weit verbreitet, daß dies die Bauern auf dem Land auch schon zu tun pflegen und durch die Finger sehen.“ Der Bischof verstand den Text ohne Glosse und sprach zu Eulenspiegel: „Folge uns nach Frankfurt, wir wollen dir unser Wappen und unsere Kleidung geben.“ Das tat Eulenspiegel und blieb bei dem Herrn so lange, bis der Graf als Kaiser bestätigt war. Dann zog er wieder nach Sachsen.

Die 23. Historie sagt, wie Eulenspiegel seinem Pferd goldene Hufeisen aufschlagen ließ, die der König von Dänemark bezahlen mußte.

Eulenspiegel war ein solcher Hofmann geworden, daß der Ruf seiner Trefflichkeit vor manchen Fürsten und Herren kam und daß man vieles von ihm zu erzählen wußte. Das mochten die Herren und Fürsten wohl leiden und gaben ihm Kleider, Pferde, Geld und Kost. So kam er auch zu dem König von Dänemark. Der hatte ihn sehr gern und bat ihn, etwas Abenteuerliches zu tun, er wolle ihm auch sein Pferd mit dem allerbesten Hufbeschlag beschlagen lassen. Eulenspiegel fragte den König, ob er seinen Worten glauben könne. Der König bejahte das, wenn er nach seinen Worten täte.

Da ritt Eulenspiegel mit seinem Pferde zum Goldschmied und ließ es mit goldenen Hufeisen und silbernen Nägeln beschlagen. Dann ging er zum König und bat, daß er ihm den Hufbeschlag bezahlte. Der König sagte ja und wies den Schreiber an, den Beschlag zu bezahlen. Nun meinte der Schreiber, es sei ein schlichter Hufschmied zu bezahlen. Aber Eulenspiegel brachte ihn zu dem Goldschmied, und der Goldschmied wollte hundert dänische Mark haben. Der Schreiber wollte das nicht bezahlen, ging hin und sagte das dem König,

Der König ließ Eulenspiegel holen und sprach zu ihm: „Eulenspiegel, was für einen teuren Hufbeschlag ließest du machen? Wenn ich alle meine Pferde so beschlagen ließe, müßte ich bald Land und Leute verkaufen. Das war nicht meine Meinung, daß man das Pferd mit Gold beschlagen ließe." Eulenspiegel sagte: „Gnädiger König, Ihr sagtet, es sollte der beste Hufbeschlag sein, und ich sollte Euern Worten nachkommen. Nun dünkt mich, es gebe keinen besseren Beschlag als von Silber und Gold." Da sprach der König: „Du bist mir mein liebster Hofmann, du tust, was ich dich heiße." Und fing an zu lachen und bezahlte die hundert Mark für den Hufbeschlag.

Da ließ Eulenspiegel die goldenen Hufeisen wieder abreißen, zog vor eine Schmiede und ließ sein Pferd mit Eisen beschlagen. Bei dem König blieb er bis zu dessen Tod.

Die 24. Historie sagt, wie Eulenspiegel den Schalksnarren des Königs von Polen mit grober Schalkheit überwand.

Bei dem hochgeborenen Fürsten Kasimir, König von Polen, war ein Abenteurer, der voller seltsamer Schwänke und Gauklereien war und gut auf der Fiedel spielen konnte. Eulenspiegel kam auch nach Polen zu dem König. Dieser hatte schon viel von Eulenspiegel sagen gehört, der ihm ein lieber Gast war. Der König hätte ihn und seine Abenteuer schon lange gerne gesehen und gehört. Aber auch seinen Spielmann hatte er sehr gern. Nun kamen Eulenspiegel und des Königs Narr zusammen. Da geschah es, wie man sagt: zwei Narren in einem Haus tun selten gut.

Des Königs Schalksnarr konnte Eulenspiegel nicht leiden, und Eulenspiegel wollte sich nicht vertreiben lassen. Das merkte der König, und er ließ sie beide in seinen Saal kommen. „Wohlan“, sprach er, „wer von euch beiden den abenteuerlichsten Narrenstreich tut, den ihm der andere nicht nachmacht, den will ich neu kleiden und will ihm zwanzig Gulden dazu geben. Und das soll jetzt in meiner Gegenwart geschehen.“

Also rüsteten sich die beiden für ihre Torheiten und trieben viel Affenspiel mit krummen Mäulern und seltsamen Reden und was einer sich ausdenken konnte, um den anderen zu übertreffen. Aber was des Königs Narr tat, das tat ihm Eulenspiegel immer nach, und was Eulenspiegel tat, das tat ihm der Narr nach. Der König und seine Ritterschaft lachten, und sie sahen mancherlei Abenteuerliches. Sie waren gespannt darauf, wer das Kleid und die zwanzig Gulden gewinnen würde.

Da dachte Eulenspiegel: zwanzig Gulden und neue Kleidung, das ist schon sehr gut; ich will darum etwas machen, was ich ungern tue. Und er sah wohl, was des Königs Meinung war: daß es ihm gleich sei, wer von ihnen den Preis gewönne. Da ging Eulenspiegel mitten in den Saal, hob sich hinten auf und schiß mitten in den Saal einen Haufen. Dann nahm er einen Löffel, teilte den Dreck genau in der Mitte, rief den anderen und sprach: „Narr, komm her, und tu mir die Schalkheit nach, die ich dir vormachen will!“ Und er nahm den Löffel, faßte den halben Dreck damit und aß ihn auf. Dann bot er den Löffel dem Schalksnarren und sprach:

„Sich her, iß du die andere Hälfte! Danach mach auch du einen Haufen, teile ihn auseinander, und ich will dir nachessen.“ Da sagte des Königs Narr: „Nein, das tue dir der Teufel nach! Und sollte ich mein Lebtag nackend gehn, ich esse so von dir oder von mir nicht.“

Also gewann Eulenspiegel die Meisterschaft in der Schalkheit. Der König gab ihm die neue Kleidung und die zwanzig Gulden. Da ritt Eulenspiegel hinweg und trug den vom König versprochenen Preis davon.

Die 25. Historie sagt, wie Eulenspiegel das Herzogtum Lüneburg verboten wurde und wie er sein Pferd aufschnitt und sich hineinstellte.

Zu Celle im Lande Lüneburg verübte Eulenspiegel einen abenteuerlichen Schalksstreich. Darum verbot ihm der Herzog von Lüneburg das Land: wenn er darin gefunden wurde, sollte man ihn fangen und dann henken. Dennoch mied Eulenspiegel das Land nicht. Wenn ihn sein Weg dahin trug, so ritt oder ging er nichtsdestoweniger durch das Land, so oft er wollte.

Einmal begab es sich, daß Eulenspiegel durch das Lüneburger Land ritt. Da begegnete ihm der Herzog. Als Eulenspiegel sah, daß es der Herzog war, dachte er: ist es der Herzog und wirst du flüchtig, so holen sie dich mit ihren Gäulen ein und stechen dich vom Pferd; der Herzog kommt dann zornerfüllt und läßt dich an einen Baum hängen. Er faßte einen kurzen Entschluß, sprang von seinem Pferd ab und schnitt ihm rasch den Bauch auf. Dann schüttete er das Eingeweide heraus und stellte sich in den Rumpf.

Als der Herzog mit seinen Reitern an die Stelle geritten kam, wo Eulenspiegel in seines Pferdes Bauch stand, sagten die Diener zu dem Herzog: „Sehet, Herr, hier steht Eulenspiegel in eines Pferdes Haut.“ Da ritt der Fürst zu ihm und sprach: „Eulenspiegel, bist du das? Was tust du in dem Aas hier? Weißt du nicht, daß ich dir mein Land verboten habe? Und wenn ich dich darin fände, so wollte ich dich an einen Baum hängen lassen?“ Da sprach Eulenspiegel: „O gnädigster Herr und Fürst, ich hoffe,

Ihr wollt mir das Leben schenken. Ich habe doch nichts so Übles getan, was des Henkens wert wäre!" Der Herzog sprach zu ihm: „Komm her zu mir und beweise mir doch deine Unschuld! Und was meinst du damit, daß du so in der Pferdehaut stehst?" Eulenspiegel kam hervor und antwortete: „Gnädigster und hochgeborener Fürst! Ich mache mir Sorge wegen Eurer Ungnade und fürchte mich gar sehr. Aber ich habe all mein Lebtag gehört, daß jeder Frieden haben soll in seinen vier Pfählen." Da fing der Herzog an zu lachen und sprach: „Willst du nun auch künftig meinem Lande fernbleiben?" Eulenspiegel antwortete: „Gnädiger Herr, wie es Eure Fürstliche Gnaden will „ Der Herzog ritt von dannen und sagte: „Bleib, wie du bist."

Und Eulenspiegel sprang eilends aus dem toten Pferde und sprach zu ihm: „Hab Dank, mein liebes Pferd, du hast mir geholfen und mir mein Leben gerettet; und hast mir noch dazu wieder einen gnädigen Herren gemacht. Liege nun hier! Es ist besser, daß dich die Raben fressen, als daß sie mich gefressen hätten." Und er lief zu Fuß davon.

Die 26. Historie sagt, wie Eulenspiegel im Lüneburger Land einem Bauern einen Teil seines Ackers abkaufte und darin in einem Sturzkarren saß.

Kurz danach kam Eulenspiegel wieder, ging bei Celle in ein Dorf und wartete darauf, daß der Herzog nach Celle ritte. Da ging ein Bauer auf seinen Acker. Eulenspiegel hatte ein anderes Pferd erworben und einen Sturzkarren. Er fuhr zu dem Bauern und fragte ihn, wessen Acker es sei, den er bestelle. Der Bauer sprach: „Er ist mein, ich hab ihn geerbt." Da fragte Eulenspiegel, was er ihm für einen Schüttkarren voll Erde von dem Acker geben müßte. Der Bauer sprach: „Dafür nehme ich einen Schilling." Eulenspiegel gab ihm einen Schilling in Pfennigen, warf den Karren voll Erde von dem Acker, kroch darein und fuhr vor die Burg von Celle an der Aller.

Als der Herzog geritten kam, wurde er Eulenspiegels gewahr, wie er in dem Karren saß, bis an die Schultern in der Erde. Da sprach der Herzog: „Eulenspiegel, ich hatte dir mein Land verboten. Wenn ich dich darin fände, wollte ich dich henken lassen." Eulenspiegel sagte: „Gnädiger Herr, ich bin nicht in Euerm Land, ich sitze in meinem Land, das ich gekauft habe für einen Schilling. Ich kaufte es von einem Bauern, der mir sagte, es sei sein Erbteil." Der Herzog sprach: „Fahr hin mit deinem Erdreich aus meinem Erdreich! Komm aber nicht wieder, ich werde dich sonst mit Pferd und Karren henken lassen!"

Da stieg Eulenspiegel eilends aus dem Karren, sprang auf das Pferd und ritt aus dem Land. Den Karren ließ er vor der Burg stehen. Also liegt Eulenspiegels Erdreich noch vor der Brücke.

Die 27. Historie sagt, wie Eulenspiegel für den Landgrafen von Hessen malte und ihm weismachte, wer unehelich sei, könne das Bild nicht sehen.

Abenteuerliche Dinge trieb Eulenspiegel im Lande Hessen. Nachdem er das Land Sachsen um und um durchzogen hatte und dort so gut bekannt war, daß er sich mit seinen Streichen nicht mehr ernähren konnte, begab er sich in das Land Hessen und kam nach Marburg an des Landgrafen Hof. Und der Herr fragte ihn, was er für ein Abenteurer sei. Er antwortete: „Gnädiger Herr, ich bin ein Künstler." Darüber freute sich der Landgraf, weil er meinte, Eulenspiegel sei ein Artist und verstünde die Alchimie. Denn der Landgraf bemühte sich sehr um die Alchimie. Also fragte er ihn, ob er ein Alchimist sei. Eulenspiegel sprach: „Gnädiger Herr, nein. Ich bin ein Maler, desgleichen in vielen Landen nicht gefunden wird, da meine Arbeit andere Arbeiten weit übertrifft." Der Landgraf sagte: „Laß uns etwas davon sehen!" Eulenspiegel sprach: „Ja, gnädiger Herr." Und er hatte etliche auf Leinen gemalte Bilder, die er in Flandern gekauft hatte; die zog er hervor aus seinem Sack und zeigte sie dem Landgrafen. Sie gefielen dem Herrn gar wohl, und er sprach zu ihm: „Lieber Meister, was wollt Ihr nehmen, wenn Ihr uns unsern Saal ausmalt mit Bildern von der Herkunft der Landgrafen von Hessen? Und wie sie befreundet waren mit dem König von Ungarn und anderen Fürsten und Herren, und wie lange das bestanden hat? Und wollt Ihr uns das auf das allerköstlichste machen, so gut Ihr es immer könnt?" Eulenspiegel antwortete: „Gnädiger Herr, wie mir Euer Gnaden das aufgibt, wird es wohl vierhundert Gulden kosten." Der Landgraf sprach: „Meister, macht uns das nur gut! Wir wollen es Euch wohl belohnen und Euch ein gutes Geschenk dazu geben."

Eulenspiegel nahm den Auftrag also an. Doch mußte ihm der Landgraf hundert Gulden Vorschuß geben, damit er Farben kaufen und Gesellen einstellen konnte. Als Eulenspiegel mit drei Gesellen die Arbeit anfangen wollte, bedingte er sich vom Landgrafen aus, daß niemand in den Saal gehen dürfe, während er arbeite, als allein seine Gesellen, damit er in seiner Kunst nicht aufgehalten würde. Das bewilligte ihm der Landgraf.

Nun wurde Eulenspiegel mit seinen Gesellen einig und vereinbarte mit ihnen, daß sie schwiegen und ihn gewähren ließen. Sie brauchten nicht zu arbeiten und sollten dennoch ihren Lohn haben. Ihre größte Arbeit sollte im Brett- und Schachspiel bestehen. Darin willigten die Gesellen ein und waren es zufrieden, daß sie mit Müßiggehen gleichwohl Lohn verdienen sollten.

Es währte ungefähr vier Wochen, bis der Landgraf zu wissen verlangte, was der Meister mit seinen Kumpanen malte und ob es so gut werden würde wie die Proben. Und er sprach Eulenspiegel an: „Ach, lieber Meister, uns verlangt gar sehr, Eure Arbeit zu sehen. Wir begehren, mit Euch in den Saal zu gehen und Eure Gemälde zu betrachten." Eulenspiegel antwortete: „Ja, gnädiger Herr, aber eins will ich Euer Gnaden sagen: wer mit Euer Gnaden geht und das Gemälde beschaut und nicht ehelich geboren ist, der kann mein Gemälde nicht sehen." Der Landgraf sprach: „Meister, das wäre etwas Großes."

Währenddem gingen sie in den Saal. Eulenspiegel hatte ein langes leinenes Tuch an die Wand gespannt, die er bemalen sollte. Das zog er ein wenig zurück, zeigte mit einem weißen Stab an die Wand und sprach also: „Seht, gnädiger Herr, dieser Mann, das ist der erste Landgraf von Hessen, ein Columneser aus Rom. Er hatte zur Fürstin und Frau eine Herzogin von Bayern, des reichen Justinians Tochter, der hernach Kaiser wurde. Seht, gnädiger Herr, von dem da wurde erzeugt Adolfus. Adolfus zeugte Wilhelm den Schwarzen. Wilhelm zeugte Ludwig den Frommen und also weiter bis auf Eure Fürstliche Gnaden. Ich weiß fürwahr, daß niemand meine Arbeit tadeln kann, so kunstvoll und meisterlich ist sie und auch von so schönen Farben." Der Landgraf sah nichts anderes als die weiße Wand und dachte bei sich selbst: Und wenn ich ein Burenkind bin, ich sehe nichts anderes als eine weiße Wand. Jedoch sprach er, um den Anstand zu wahren: „Lieber Meister, uns genügt Eure Arbeit wohl. Doch haben wir nicht genug Verständnis dafür, um es richtig zu erkennen." Und damit ging er aus dem Saal.

Als der Landgraf zu der Fürstin kam, fragte sie ihn: „Ach, gnädiger Herr, was malt denn Euer freier Maler? Ihr habt es gesehen, wie gefällt Euch seine Arbeit? Ich habe wenig Vertrauen zu ihm, er sieht aus wie ein Schalk." Der Fürst sprach: „Liebe Frau, mir gefällt seine Arbeit durchaus und genügt mir." „Gnädiger Herr", sagte sie, „dürfen wir es nicht auch ansehen?" „Ja, mit des Meisters Willen."

Die Landgräfin ließ Eulenspiegel zu sich kommen und begehrte auch, das Gemälde zu sehen. Eulenspiegel sprach zu ihr wie zu dem Fürsten: wer nicht ehelich geboren sei, könne seine Arbeit nicht sehen. Da ging sie mit acht Jungfrauen und einer Hofnärrin in den Saal. Eulenspiegel zog wieder das Tuch zurück wie vorher und erzählte auch der Gräfin die Herkunft der Landgrafen, ein Stück nach dem anderen. Aber die Fürstin und die Jungfrauen schwiegen alle still, niemand lobte oder tadelte das Gemälde. Jede fürchtete sich davor, vom Vater oder von der Mutter her unehelich zu sein. Schließlich hob die Närrin an und sprach: „Liebster Meister, ich sehe nichts von einem Gemälde, und sollte ich all mein Lebtag ein Hurenkind sein." Da dachte Eulenspiegel: das kann nicht gut werden; wenn die Toren die Wahrheit sagen, so muß ich wahrlich wandern. Und er zog die Worte ins Lächerliche.

Indessen ging die Fürstin hinweg und wieder zu ihrem Herrn. Der fragte sie, wie ihr das Gemälde gefallen habe. Sie antwortete ihm: „Gnädiger Herr, es gefällt mir ebenso wie Euer Gnaden. Aber unserer Närrin gefällt es gar nicht. Sie meint, sie sähe auch kein Gemälde, desgleichen unsere Jungfrauen. Ich befürchte, es ist eine Büberei im Spiel." Das ging dem Fürsten zu Herzen, und er bedachte, ob er nicht schon betrogen sei.

Dennoch ließ er Eulenspiegel sagen, er solle seine Sache vollenden, das ganze Hofgesinde solle seine Arbeit betrachten. Der Fürst meinte, er könne bei dieser Gelegenheit sehen, wer von seinen Rittersleuten ehelich oder unehelich sei. Die Lehen der Unehelichen seien ihm verfallen. Da ging Eulenspiegel zu seinen Gesellen und entließ sie. Er forderte noch hundert Gulden von dem Rentmeister, erhielt sie und ging auch davon.

Des anderen Tags fragte der Landgraf nach seinem Maler, aber der war hinweg. Da ging der Fürst in den Saal mit allem seinem Hofgesinde, ob jemand etwas Gemaltes sehen könne. Aber niemand konnte sagen, daß er etwas sähe. Und da sie alle schwiegen, sprach der Landgraf: „Nun erkennen wir wohl, daß wir betrogen sind. Mit Eulenspiegel habe ich mich nie befassen wollen, dennoch ist er zu uns gekommen. Die zweihundert Gulden wollen wir zwar verschmerzen. Er aber wird ein Schalk bleiben und muß darum unser Fürstentum meiden." Also war Eulenspiegel aus Marburg fortgekommen und wollte sich künftig mit Malen nicht mehr befassen.

Die 28. Historie sagt, wie Eulenspiegel zu Prag in Böhmen auf der Hohen Schule mit den Studenten disputierte und wohl bestand.

Eulenspiegel zog nach Böhmen gen Prag, als er von Marburg kam. Zu der Zeit wohnten dort noch gute Christen, und das war vor der Zeit, als Wiclif aus England die Ketzerei nach Böhmen brachte, die durch Johannes Hus weiter verbreitet wurde. Und Eulenspiegel gab sich da aus als großen Gelehrten, der schwere Fragen beantworten könne, auf die andere Gelehrte keine Erklärung abgeben und keine Erwiderung geben könnten. Das ließ er auf Zettel schreiben und schlug sie an die Kirchtüren und Collegien an. Das begann, den Rektor zu verdrießen. Die Collegaten, Doktoren und Magister mitsamt der ganzen Universität waren übel dran. Sie kamen zusammen, um zu beratschlagen, wie sie Eulenspiegel Fragen aufgäben, die er nicht beantworten könne. Wenn er dann schlecht dastehe, könnten sie mit guter Begründung an ihn herankommen und ihn beschämen. Das wurde unter ihnen so beschlossen und für richtig gehalten. Und sie kamen überein und legten fest, daß der Rektor die Fragen stellen sollte. Sie ließen Eulenspiegel durch ihren Pedell ausrichten, des anderen Tages zu erscheinen und die Fragen, die man ihm schriftlich gäbe, vor der ganzen Universität zu beantworten, damit er also geprüft und sein Wissen anerkannt würde. Sonst sollte ihm seine Stellung nicht zugestanden werden. Eulenspiegel antwortete dem Pedell: „Sage deinen Herren, ich will das so tun und hoffe, als ein tüchtiger Mann zu bestehn, wie ich es bisher schon lange getan habe." Am anderen Tag versammelten sich alle Doktoren und Gelehrten. Währenddessen kam auch Eulenspiegel und brachte mit sich seinen Wirt, einige andere Bürger und etliche gute Gesellen, um einem Überfall widerstehen zu können, den vielleicht die Studenten gegen ihn planten. Als er in ihre Versammlung kam, hießen sie ihn auf einen Lehrstuhl steigen und auf die Fragen antworten, die ihm vorgelegt würden.

Die erste Frage, die der Rektor an ihn stellte, war, daß er sagen und als wahr erweisen sollte, wieviel Ohm Wasser im Meere seien. Wenn er die Frage nicht lösen und darauf keinen Bescheid geben könnte, wollten sie ihn als einen ungelehrten Widersacher der Wissenschaft verdammen und bestrafen. Auf diese Frage antwortete Eulenspiegel schlau: „Würdiger Herr Rektor, heißet die Wasser stillstehen, die an allen Enden in das Meer laufen. Dann will ich es Euch messen, beweisen und davon die Wahrheit sagen; und das ist leicht zu tun." Dem Rektor war es unmöglich, die Wasser aufzuhalten. Also nahm er von der Frage Abstand und erließ ihm das Messen.

Der Rektor stand beschämt da und stellte seine zweite Frage: „Sage mir, wieviel Tage sind vergangen von Adams Zeiten bis auf diesen Tag?" Eulenspiegel antwortete kurz: „Nur sieben Tage; und wenn die herum sind, so heben sieben andere Tage an. Das währt bis zum Ende der Welt."

Dann stellte ihm der Rektor die dritte Frage: „Sage mir sogleich: wo ist der Mittelpunkt der Welt?" Eulenspiegel antwortete: „Der ist hier. Diese Stelle ist genau in der Mitte der Welt. Und daß das wahr ist: laßt es mit einer Schnur nachmessen, und wenn auch nur ein Strohhalm daran fehlt, so will ich Unrecht haben.“ Der Rektor erließ Eulenspiegel lieber die Frage, ehe er es nachmessen ließ.

Dann stellte er ganz im Zorn die vierte Frage an Eulenspiegel und sprach: „Sag an, wie weit ist es von der Erde bis zum Himmel?“ Eulenspiegel antwortete: „Es ist nahe von hier. Wenn man im Himmel redet oder ruft, das kann man hienieden wohl hören. Steigt Ihr hinauf, so will ich hier unten leise rufen: das werdet Ihr im Himmel hören. Und wenn Ihr das nicht hört, so will ich wiederum Unrecht haben.“

Der Rektor mußte mit der Antwort zufrieden sein und stellte die fünfte Frage: wie groß der Himmel sei? Eulenspiegel antwortete ihm sogleich und sprach: „Er ist tausend Klafter breit und tausend Ellenbogen hoch, da irre ich mich nicht. Wollt Ihr das nicht glauben, so nehmt Sonne, Mond und alle Sterne vom Himmel und meßt es gut nach. Ihr werdet finden, daß ich recht habe, obwohl Ihr Euch nicht gern darauf einlassen werdet.“

Was sollten sie sagen? Eulenspiegel gab ihnen über alles Bescheid, sie mußten ihm alle recht geben. Und nachdem er so die Gelehrten mit Schalkheit überwunden hatte, wartete er nicht lange. Denn er befürchtete, sie würden ihm etwas zu trinken geben, wodurch er umkäme. Deshalb zog er den langen Rock aus, wanderte davon und kam nach Erfurt.

Die 29. Historie sagt, wie Eulenspiegel in Erfurt einen Esel in einem alten Psalter lesen lehrte.

Eulenspiegel hatte große Eile, nach Erfurt zu kommen, nachdem er in Prag die Schalkheit getan hatte, denn er befürchtete, daß sie ihm nacheilten.

Als er nach Erfurt kam, wo ebenfalls eine recht große und berühmte Universität ist, schlug Eulenspiegel auch dort seine Zettel an. Und die Lehrpersonen der Universität hatten von seinen Listen viel gehört. Sie beratschlagten, was sie ihm aufgeben könnten, damit es ihnen nicht so erginge, wie es denen zu Prag mit ihm ergangen war, und damit sie nicht mit Schande bestanden. Und sie beschlossen, daß sie Eulenspiegel einen Esel in die Lehre geben wollten, denn es gibt viele Esel in Erfurt, alte und junge. Sie schickten nach Eulenspiegel und sprachen zu ihm: „Magister, Ihr habt gelehrte Schreiben angeschlagen, daß Ihr eine jegliche Kreatur in kurzer Zeit Lesen und Schreiben lehren wollt. Darum sind die Herren von der Universität hier und wollen Euch einen jungen Esel in die Lehre geben. Traut Ihr es Euch zu, auch ihn zu lehren?“ Eulenspiegel sagte ja, aber er müsse Zeit dazu haben, weil es eine des Redens unfähige und unvernünftige Kreatur sei. Darüber wurden sie mit ihm einig auf zwanzig Jahre.

Eulenspiegel dachte: Unser sind drei; stirbt der Rektor, so bin ich frei; sterbe ich, wer will mich mahnen? Stirbt mein Schüler, so bin ich ebenfalls ledig. Er nahm das also an und forderte fünfhundert alte Schock dafür. Und sie gaben ihm etliches Geld im voraus.

Eulenspiegel nahm den Esel und zog mit ihm in die Herberge „Zum Turm“, wo zu der Zeit ein seltsamer Wirt war. Er bestellte einen Stall allein für seinen Schüler, besorgte sich einen alten Psalter und legte den in die Futterkrippe. Und zwischen jedes Blatt legte er Hafer. Dessen wurde der Esel inne und warf um des Hafers willen die Blätter mit dem Maul herum. Wenn er dann keinen Hafer mehr zwischen den Blättern fand, rief er: „I - A, I - A!“ Als Eulenspiegel das bei dem Esel bemerkte, ging er zu dem Rektor und sprach: „Herr Rektor, wann wollt Ihr einmal sehen, was mein Schüler macht?“ Der Rektor sagte: „Lieber Magister, will er die Lehre denn annehmen?“ Eulenspiegel sprach: „Er ist von unmäßig grober Art, und es wird mir sehr schwer, ihn zu lehren. jedoch habe ich es mit großem Fleiß und vieler Arbeit erreicht, daß er einige Buchstaben und besonders etliche Vokale kennt und nennen kann. Wenn Ihr wollt, so geht mit mir, Ihr sollt es dann hören und sehen.“

Der gute Schüler hatte aber den ganzen Tag gefastet bis gegen drei Uhr nachmittags. Als nun Eulenspiegel mit dem Rektor und einigen Magistern kam, da legte er seinem Schüler ein neues Buch vor. Sobald dieser es in der Krippe bemerkte, warf er die Blätter hin und her und suchte den Hafer. Als er nichts fand, begann er mit lauter Stimme zu schreien: „I - A,

I - A!“ Da sprach Eulenspiegel: „Seht, lieber Herr, die beiden Vokale I und A, die kann er jetzt schon; ich hoffe, er wird noch gut werden.“

Bald danach starb der Rektor. Da verließ Eulenspiegel seinen Schüler und ließ ihn als Esel gehen, wie ihm von Natur bestimmt war. Eulenspiegel zog mit dem erhaltenen Geld hinweg und dachte: solltest du alle Esel zu Erfurt klug machen, das würde viel Zeit brauchen. Er mochte es auch nicht gerne tun und ließ es also bleiben.

Die 30. Historie sagt, wie Eulenspiegel bei Sangerhausen im Lande Thüringen den Frauen die Pelze wusch.

Eulenspiegel kam in das Land Thüringen in das Dorf Nienstedt und bat dort um Herberge. Da kam die Wirtin heraus und fragte ihn, welches Handwerk er ausübe. Eulenspiegel sprach: „Ich bin kein Handwerksgesell, sondern ich pflege die Wahrheit zu sagen.“ Die Wirtin entgegnete: „Denen, die die Wahrheit sagen, bin ich besonders günstig gesonnen und beherberge sie gern.“ Und als Eulenspiegel umherblickte, sah er, daß die Wirtin schielte. Er sprach: „Schielende Frau, schielende Frau, wo soll ich sitzen, und wo lege ich meinen Stab und Sack hin?“ Die Wirtin sagte: „Ach, daß dir nimmer Gutes geschehe! All mein Lebtag hat mir niemand vorgeworfen, daß ich schiele.“ Eulenspiegel sprach: „Liebe Wirtin, soll ich allezeit die Wahrheit sagen, so kann ich das nicht verschweigen.“ Die Wirtin war damit zufrieden und lachte darüber.

Als Eulenspiegel die Nacht dablieb, kam er mit der Wirtin ins Gespräch. Dabei kam die Rede darauf, daß er alte Pelze waschen könne. Das gefiel der Frau wohl, und sie bat ihn, er möge die Pelze waschen. Sie wolle es ihren Nachbarinnen sagen, daß sie alle ihre Pelze brächten, damit er sie wüsche. Eulenspiegel sagte: „Ja.“ Die Frau rief ihre Nachbarinnen zusammen, und sie brachten alle ihre Pelze. Eulenspiegel sprach: „Ihr müßt Milch dazu haben.“ Die Frauen hatten Verlangen und Lust nach den neuen Pelzen und holten alle die Milch, die sie in den Häusern hatten. Eulenspiegel setzte drei Kessel aufs Feuer und goß die Milch hinein, warf die Pelze dazu und ließ sie sieden und kochen.

Als es ihm gut dünkte, sprach er zu den Frauen: „Ihr müßt jetzt in den Wald gehen und mir weißes, junges Lindenholz holen und die kleinen Äste davon abreißen. Wenn ihr wiederkommt, will ich die Pelze herausnehmen, denn sie sind dann genug eingeweicht. Ich will sie alsdann auswaschen, und dazu muß ich das Holz haben."

Die Weiber gingen willig in den Wald, und ihre Kinder liefen neben ihnen her. Sie nahmen sie bei den Händen und sprangen und sangen: „Oho, gute neue Pelze! Oho, gute neue Pelze!" Eulenspiegel stand und lachte und sprach: „Ja, wartet, die Pelze sind noch nicht fertig!" Als die Frauen im Wald waren, legte Eulenspiegel noch mehr Feuerholz unter und ließ dann die Kessel mit den Pelzen stehn. Er ging aus dem Dorfe fort und soll noch wiederkommen und die Pelze auswaschen. Und die Frauen kamen wieder mit dem Lindenholz, fanden Eulenspiegel nicht und glaubten, daß er hinweg sei. Da wollte immer eine vor der anderen ihren Pelz aus dem Kessel nehmen: aber die waren ganz verdorben, so daß sie auseinanderfielen. Also ließen sie die Pelze stehen und meinten, er käme noch wieder und würde ihnen die Pelze auswaschen. Eulenspiegel aber dankte Gott, daß er so glimpflich davongekommen war.

Die 31. Historie sagt, wie Eulenspiegel mit einem Totenkopf umherzog, um die Leute damit zu berühren, und dadurch viele Opfergaben erhielt.

In allen Landen hatte sich Eulenspiegel mit seiner Schalkheit bekannt gemacht. Wo er früher einmal gewesen war, da war er nicht mehr willkommen, es sei denn, daß er sich verkleidete und man ihn nicht erkannte. Schließlich erging es ihm so, daß er sich mit Müßiggang nicht mehr zu ernähren traute, und war doch von Jugend auf guter Dinge gewesen und hatte Geld genug verdient mit allerlei Gaukelspiel. Als aber seine Schalkheit in allen Landen bekannt wurde und sein Erwerb ausblieb, da bedachte er, was er treiben sollte, um doch mit Müßiggang Geld zu erwerben. Und er nahm sich vor, sich für einen Reliquienhändler auszugeben und mit einer Reliquie im Lande umherzureisen.

Er verkleidete sich zusammen mit einem Schüler in eines Priesters Gestalt und nahm einen Totenkopf und ließ ihn in Silber fassen. Er kam in das Land Pommern, wo sich die Priester mehr an das Saufen halten als an das Predigen. Und wo dann in einem Dorfe Kirchweih oder Hochzeit oder eine andere Versammlung der Landleute war, da machte sich Eulenspiegel an den Pfarrer heran: er wolle predigen und den Bauern das Heil der Reliquie verkünden, auf daß sie sich damit berühren ließen. Von den frommen Gaben, die er bekäme, wolle er ihm die Hälfte abgeben. Die ungelehrten Pfaffen waren wohl damit zufrieden, wenn sie nur Geld bekamen.

Und wenn das allermeiste Volk in der Kirche war, stieg Eulenspiegel auf den Predigtstuhl und sagte etwas von dem Alten Testament und zog das Neue Testament auch heran mit der Arche und dem goldenen Eimer, darin das Himmelsbrot lag, und sprach dazu, daß es das größte Heiligtum sei. Zwischendurch sprach er von dem Haupte des Sankt Brandanus, der ein heiliger Mann gewesen sei. Dessen Haupt habe er da, und ihm sei befohlen worden, damit zu sammeln, um eine neue Kirche zu bauen. Und das dürfe nur mit reinem Gut geschehen. Bei seinem Leben dürfe er kein Opfergeld nehmen von einer Frau, die eine Ehebrecherin sei. „Und wenn solche Frauen hier sind, so sollen sie stehen bleiben. Denn wenn sie mir etwas opfern wollen und des Ehebruchs schuldig sind, so nehme ich das nicht, und sie werden vor mir beschämt stehen. Danach wisset euch zu richten!“

Und er gab den Leuten das Haupt zu küssen, das vielleicht eines Schmiedes Haupt gewesen war, das er von einem Kirchhof genommen hatte. Dann gab er den Bauern und Bäuerinnen den Segen, ging von der Kanzel und stellte sich vor den Altar. Und der Pfarrer fing an zu singen und mit einer Schelle zu klingeln. Da gingen die bösen mit den guten Weibern zum Altar mit ihren frommen Gaben; sie drängten sich zum Altar, so daß sie keuchten. Und die Frauen mit üblem Leumund, an dem auch etwas Wahres war, die wollten die ersten sein mit ihrem Opfer. Da nahm er die Opfergaben von Bösen und von Guten und verschmähte nichts. Und so fest glaubten die einfältigen Frauen an seine listige, schalkhaftige Sache, daß sie meinten: eine Frau, die stehengeblieben wäre, wäre nicht ehrsam gewesen. Diejenigen Frauen, die kein Geld hatten, opferten einen goldenen oder silbernen Ring. Jede achtete auf die andere, ob sie auch opferte. Und die geopfert hatten, meinten, sie hätten damit ihre Ehre bestätigt und ihren bösen Ruf hinweggenommen. Auch gab es einige, die zwei- oder dreimal opferten, damit das Volk es sehen und sie aus ihrem schlechten Leumund entlassen sollte. Und Eulenspiegel bekam die schönsten Opfergaben, wie es nie zuvor gehört worden war. Wenn er das Opfer genommen hatte, gebot er unter Androhung des Kirchenbannes allen, die geopfert hatten, keinen Frevel mehr zu begehen, denn sie wären jetzt ganz frei davon. Wären etliche von ihnen schuldig gewesen, hätte er kein Opfer von ihnen entgegengenommen.

Also wurden die Frauen allenthalben froh. Und wo Eulenspiegel hinkam, da predigte er und wurde dadurch reich. Die Leute hielten ihn für einen frommen Prediger, so gut konnte er seine Schalkheit verhehlen.

Die 32. Historie sagt, wie Eulenspiegel die Stadtwächter in Nürnberg munter machte, die ihm über einen Steg nachfolgten und ins Wasser fielen.

Eulenspiegel war erfindungsreich in seinen Schalkheiten. Als er mit dem Totenhaupt weit umhergezogen war und die Leute tüchtig betrogen hatte, kam er nach Nürnberg und wollte da sein Geld verzehren, das er mit der Reliquie gewonnen hatte. Und als er sich eine Zeitlang dort aufgehalten und alle Verhältnisse kennengelernt hatte, konnte er von seiner Natur nicht lassen und mußte auch dort eine Schalkheit tun.

Er sah, daß die Stadtwächter in einem Wächterhaus unterhalb des Rathauses im Harnisch schliefen. Eulenspiegel hatte in Nürnberg Weg und Steg genau kennengelemt. Besonders gut hatte er sich den Brückensteg zwischen dem Saumarkt und dem Wächterhaus angesehen. Darüber ist des Nachts schlecht zu wandeln. Denn manche gute Dirne, wenn sie Wein holen wollte, wurde dort belästigt.

Eulenspiegel wartete also mit seinem Streich, bis die Leute schlafen gegangen waren und es ganz still war. Dann brach er aus diesem Steg drei

Bohlen und warf sie in das Wasser, genannt die Pegnitz. Und er ging vor das Rathaus, begann zu fluchen und hieb mit einem alten Messer auf das Pflaster, daß das Feuer daraus sprang. Als die Wächter das hörten, waren sie schnell auf den Beinen und liefen ihm nach. Da Eulenspiegel hörte, daß sie ihm nachliefen, rannte er vor den Wächtern her und nahm die Flucht zu dem Saumarkt hin, die Wächter immer hinter ihm her. Er kam mit knapper Not vor ihnen an die Stelle, wo er die Bohlen herausgebrochen hatte, und behalf sich, so gut er konnte, um über den Steg zu kommen. Und als er hinübergekommen war, rief er mit lauter Stimme: „Hoho, wo bleibt ihr denn, ihr verzagten Bösewichter?" Da das die Wächter hörten, liefen sie ihm eilends und ohne allen Argwohn nach, und jeder wollte der erste sein. Also fiel einer nach dem anderen in die Pegnitz. Die Lücke im Steg war so eng, daß sie sich an allen Stellen die Mäuler zerschlugen. Da rief Eulenspiegel: „Hoho, lauft ihr noch nicht? Morgen laufet mir weiter nach! Zu diesem Bad wäret ihr morgen noch früh genug gekommen. Du hättest nicht halb so schnell zu jagen brauchen, du wärst noch immer zur rechten Zeit gekommen." Also brach sich der eine ein Bein, der andere einen Arm, der dritte schlug sich ein Loch in den Kopf, so daß keiner ohne Schaden davonkam.

Als Eulenspiegel diese Schalkheit vollbracht hatte, blieb er nicht mehr lange in Nürnberg, sondern zog wieder weiter. Denn es war ihm nicht lieb, geschlagen zu werden, wenn sein Streich herauskäme: die Nürnberger würden ihn nicht als Spaß angesehen haben.

Die 33. Historie sagt, wie Eulenspiegel in Bamberg um Geld aß.

Als Eulenspiegel von Nürnberg kam, verdiente er mit List einmal Geld in Bamberg. Er war sehr hungrig und kam in einer Wirtin Haus, die hieß Frau Küngine. Sie war eine fröhliche Wirtin und hieß ihn willkommen, denn sie sah an seinen Kleidern, daß er ein seltsamer Gast war.

Als man morgens essen wollte, fragte ihn die Wirtin, wie er es halten möchte: ob er ein vollständiges Frühstück einnehmen oder nur einzelne Kleinigkeiten essen wolle. Eulenspiegel antwortete, er sei ein armer Gesell und bitte sie, ihm etwas um Gottes Lohn zu essen zu geben. Die Wirtin sprach: „Freund, an den Fleisch- und Brotbänken gibt man mir nichts umsonst, ich muß Geld dafür zahlen. Darum muß ich für das Essen auch Geld bekommen." Eulenspiegel sagte: „Ach, Frau, es dient auch mir wohl, um Geld zu essen. Um was oder um wieviel soll ich hier essen und trinken?" Die Frau sprach: „An der Herren Tisch um 24 Pfennige, an dem Tisch daneben um 18 Pfennige und mit meinem Gesinde um 12 Pfennige." Darauf antwortete Eulenspiegel: „Frau, das meiste Geld dient mir am allerbesten." Und er setzte sich an die Herrentafel und aß sich sogleich satt.

Als er fertig war und gut gegessen und getrunken hatte, sagte er zur Wirtin, sie möge ihn abfertigen; er müsse wandern, denn er habe nicht viel Reisegeld. Die Frau sprach: „Lieber Gast, gebt mir das Essensgeld, 24 Pfennige, und geht, wohin Ihr wollt, Gott geleite Euch!" „Nein", sagte Eulenspiegel. „Ihr sollt mir 24 Pfennige geben, wie Ihr gesagt habt. Denn Ihr spracht, an der Tafel esse man das Mahl um 24 Pfennige. Das habe ich so verstanden, daß ich damit Geld verdienen sollte, und es wurde mir schwer genug. Ich aß, daß mir der Schweiß ausbrach und als ob es Leib und Leben gegolten hätte. Mehr hätte ich nicht essen können. Darum gebt mir meinen sauer verdienten Lohn." „Freund", sprach die Wirtin, „das ist wahr: Ihr habet wohl für drei Mann gegessen. Aber daß ich Euch dafür auch noch lohnen soll, das reimt sich nicht zusammen. Doch ist es mir nicht um diese Mahlzeit zu tun, Ihr mögt damit hinweggehen. Ich gebe Euch aber nicht noch Geld dazu, denn das wäre verloren; doch begehre ich auch kein Geld von Euch. Kommt mir aber nicht wieder her! Denn sollte ich meine Gäste das Jahr über also speisen und nicht mehr Geld einnehmen als von Euch, so müßte ich auf solche Weise von Haus und Hof lassen."

Da schied Eulenspiegel von dannen und erntete nicht viel Dank.

Die 34. Historie sagt, wie Eulenspiegel nach Rom zog und den Papst sah, der ihn für einen Ketzer hielt.

Mit durchtriebener Schalkheit war Eulenspiegel reich ausgestattet. Als er nun alle listigen Schelmenstreiche versucht hatte, dachte er an das alte Sprichwort: Geh nach Rom, frommer Mann, komme wieder nequam.

Also zog er nach Rom. Dort betrieb er seine Schalkheit auch und nahm Herberge bei einer Witwe. Die sah, daß Eulenspiegel ein schöner Mann war, und fragte ihn, woher er komme. Eulenspiegel sagte, er sei aus dem Lande Sachsen und ein Osterling. Nach Rom sei er gekommen, um mit dem Papst zu sprechen. Da sagte die Frau: „Freund, den Papst mögt Ihr wohl sehen können, aber ob Ihr mit ihm reden könnt, daß weiß ich nicht. Ich bin hier geboren und erzogen und stamme von den obersten Geschlechtern, aber ich habe noch nie mit ihm sprechen können. Wie wolltet Ihr denn das so bald zuwege bringen? Ich gäbe wohl hundert Dukaten darum, daß ich mit ihm reden könnte." Eulenspiegel antwortete: „Liebe Wirtin, wenn ich die Gelegenheit finde, Euch vor den Papst zu bringen, so daß Ihr mit ihm reden könnt, wollt Ihr mir dann die hundert Dukaten geben?" Die Frau war eilfertig und gelobte ihm die hundert Dukaten bei ihrer Ehre, wenn er das zuwege bringe. Aber sie meinte, es sei ihm unmöglich, solches zu tun, denn sie wußte wohl, daß es viel Mühe und Arbeit kosten würde. Eulenspiegel sprach: „Liebe Wirtin, wenn es nun also geschieht, so begehre ich die hundert Dukaten." Sie sagte: „ja", aber sie dachte: Du bist noch nicht vor dem Papst.

Eulenspiegel wartete, denn alle vier Wochen einmal mußte der Papst eine Messe lesen in der Kapelle, die da heißt Jerusalem zu Sankt Johannis Lateranen. Als nun der Papst die Messe las, drängte sich Eulenspiegel in die Kapelle und so nahe wie möglich an den Papst heran. Als dieser die Stillmesse hielt, kehrte Eulenspiegel dem Sakrament den Rücken. Das sahen die Kardinäle. Und als der Papst den Segen über den Kelch sprach, da kehrte sich Eulenspiegel abermals um.

Als nun die Messe zu Ende war, sagten die Kardinäle zum Papst, daß eine Person, nämlich ein schöner Mann, bei der Messe gewesen sei, die während der Stillmesse seinen Rücken gegen den Altar gekehrt habe. Der Papst sprach: „Es ist notwendig, daß man das untersucht, denn es geht die heilige Kirche an. Wenn man den Unglauben nicht straft, ist das Unrecht gegen Gott. Und hat der Mensch solches getan, so ist zu befürchten, daß er im Unglauben lebt und kein guter Christ ist." Und er ordnete an, man solle den Menschen vor ihn bringen.

Die Boten kamen zu Eulenspiegel und sprachen, er müsse vor den Papst kommen. Eulenspiegel ging sogleich mit ihnen vor den Papst. Da fragte der Papst, was er für ein Mann sei. Eulenspiegel antwortete, er sei ein guter Christenmensch. Der Papst fragte weiter, was er für einen Glauben habe. Eulenspiegel sagte, er habe denselben Glauben, den seine Wirtin habe, und nannte sie beim Namen, der wohlbekannt war. Da bestimmte der Papst, daß auch die Frau vor ihn kommen solle.

Der Papst fragte die Frau, was sie für einen Glauben habe. Die Frau antwortete, sie glaube den Christenglauben und was ihr die heilige christliche Kirche gebiete und verbiete. Sie habe keinen anderen Glauben. Eulenspiegel stand dabei und begann, den Mund listig zum Lachen zu verziehen. Er sprach: „Allergnädigster Vater, du Knecht aller Knechte, denselben Glauben habe ich auch, ich bin ein guter Christenmensch." Der Papst sagte: „Warum kehrst du dann dem Altar den Rücken während der Stillmesse?" Eulenspiegel sprach: „Allerheiligster Vater, ich bin ein armer, großer Sünder und zeihe mich solcher Sünden, daß ich des Altars nicht würdig bin, bis ich meine Sünden gebeichtet habe." Damit war der Papst zufrieden, verließ Eulenspiegel und ging in seinen Palast.

Eulenspiegel ging in seine Herberge und mahnte seine Wirtin um die hundert Dukaten; die mußte sie ihm geben. Und Eulenspiegel blieb Eulenspiegel nach wie vor und wurde durch die Romfahrt nicht viel gebessert.

Die 35. Historie sagt, wie Eulenspiegel die Juden in Frankfurt am Main um tausend Gulden betrog, indem er ihnen seinen Dreck als Prophetenbeere verkaufte.

- Redaktionell gestrichen

Die 36. Historie sagt, wie Eulenspiegel zu Quedlinburg Hühner kaufte und der Bäuerin für das Geld ihren eigenen Hahn zum Pfande ließ.

Früher waren die Leute nicht so gewitzt wie jetzt, besonders nicht die Landleute. Einmal kam Eulenspiegel nach Quedlinburg, da war gerade Wochenmarkt, und Eulenspiegel hatte nicht viel Zehrgeld. Denn wie er sein Geld gewann, so zerrann es wieder. Und er dachte nach, wie er wieder zu Geld kommen könnte.

Nun saß eine Bäuerin auf dem Markte und hielt einen Korb voll guter Hühner samt einem Hahn feil. Eulenspiegel fragte, was ein Paar Hühner kosten solle. Sie antwortete ihm: „Das Paar zwei Stephansgroschen." Eulenspiegel sprach: „Wollt Ihr sie nicht billiger geben?" Die Frau sagte: „Nein." Da nahm Eulenspiegel den Korb mit den Hühnern und ging auf das Burgtor zu. Die Frau lief ihm nach und sprach: „Käufer, wie soll ich das verstehen? Willst du mir die Hühner nicht bezahlen?" Eulenspiegel sagte: „Ja, gern, ich bin der Äbtissin Schreiber." „Danach frage ich nicht", sprach die Bäuerin, „willst du die Hühner haben, so bezahle sie. Ich will mit deinem Abt oder deiner Äbtissin nichts zu tun haben. Mein Vater hat mich gelehrt: ich soll von denen nichts kaufen noch ihnen etwas verkaufen oder borgen, vor denen man sich neigen oder die Kappe ziehen muß. Darum bezahl mir die Hühner, hörst du wohl?" Eulenspiegel sagte: „Frau, Ihr seid kleingläubig! Es wäre nicht gut, wenn alle Kaufleute so wären! Sonst müßten alle guten Kameraden schlecht bekleidet einhergehen. Aber damit Ihr des Eurigen gewiß seid, so nehmt hier den Hahn zum Pfand, bis ich Euch den Korb und das Geld bringe."

Die gute Frau meinte, sie sei wohl versorgt, und nahm ihren eigenen Hahn zum Pfand. Aber sie wurde betrogen. Denn Eulenspiegel blieb mit den Hühnern und mit dem Geld aus. Da ging es ihr wie denen, die bisweilen ihre Sachen aufs allergenaueste besorgen wollen: die betrügen sich manchmal zuallererst selbst.

So schied Eulenspiegel von dannen und ließ die Bäuerin sich sehr erzürnen über den Hahn, der sie um die Hühner gebracht hatte.

Die 37. Historie sagt, wie der Pfarrer von Hoheneggelsen Eulenspiegel eine Wurst wegfraß, die ihm danach nicht gut bekam.

Als Eulenspiegel in Hildesheim war, kaufte er eine gute rote Wurst am Fleischstand und ging weiter nach Hoheneggelsen. Dort war er mit dem Pfarrer gut bekannt. Und es war an einem Sonntagmorgen, als er dort ankam. Der Pfarrer hielt die Frühmesse, damit er zeitig essen konnte. Eulenspiegel ging in die Pfarre und bat die Köchin, ihm die rote Wurst zu braten. Die Köchin sagte ja. Dann ging Eulenspiegel in die Kirche. Die Frühmesse war gerade aus, und ein anderer Priester begann mit dem Hochamt, das Eulenspiegel zu Ende hörte.

Inzwischen war der Pfarrer nach Hause gegangen und sagte zu der Magd: „Ist hier noch nichts gar gekocht, daß ich einen Bissen essen könnte?“ Die Köchin sprach: „Hier ist nichts gekocht als eine rote Wurst, die Eulenspiegel gebracht hat; die ist gar. Er wollte sie essen, wenn er aus der Kirche käme.“ Der Pfarrer sagte: „Lang mir die Wurst her, ich will einen Bissen davon essen.“ Die Magd reichte ihm die Wurst. Dem Pfarrer schmeckte die Wurst so gut, daß er sie ganz auffraß und zu sich selber sprach: „Segne mir es Gott, es hat mir wohl geschmeckt, die Wurst ist gut gewesen.“ Und er sagte zu der Magd: „Gib Eulenspiegel Speck und Kohl zu essen, wie er es gewöhnt ist! Das bekommt ihm viel besser.“

Und als das Hochamt zu Ende war, ging Eulenspiegel wieder in den Pfarrhof und wollte von seiner Wurst essen. Da hieß ihn der Pfarrer willkommen, dankte ihm für die Wurst und sagte, wie sie ihm so gut geschmeckt habe, und setzte ihm Speck und Kohl vor. Eulenspiegel schwieg still, aß, was da gekocht war, und ging am Montag wieder hinweg. Der Pfarrer rief Eulenspiegel nach: „Höre, wenn du wieder hierher kommst, so bring zwei Würste mit, eine für mich und eine für dich. Was du dafür zahlst, das will ich dir wiedergeben. Und dann wollen wir redlich schlemmen, daß uns die Mäuler vor Fett triefen.“ Eulenspiegel sprach: „Ja, Herr Pfarrer, es soll geschehen nach Euern Worten. Ich will Eurer wohl gedenken mit den Würsten.“

Dann ging er wieder nach der Stadt Hildesheim. Und es geschah gerade wie nach seinem Willen, daß der Abdecker eine tote Sau zur Abfallgrube fuhr. Da bat Eulenspiegel den Abdecker, er möge Geld nehmen und ihm von der Sau zwei rote Würste machen; und er zahlte ihm dafür etliche Silberpfennige. Der Abdecker tat das und machte ihm zwei schöne, rote Würste. Die nahm Eulenspiegel und sott sie halb gar, wie man mit Würsten zu tun pflegt.

Am nächsten Sonntag ging er wieder nach Hoheneggelsen, und es traf sich, daß der Pfarrer abermals die Frühmesse hielt. Da ging Eulenspiegel auf den Pfarrhof, brachte der Köchin die zwei Würste und bat sie, die Würste für den Imbiß zu braten. Der Pfarrer solle die eine haben und er die andere. Dann ging er in die Kirche. Also setzte die Magd die Würste auf das Feuer und briet sie. Als die Messe zu Ende war, wurde der Pfarrer Eulenspiegels gewahr, ging sogleich aus der Kirche in den Pfarrhof und sprach: „Eulenspiegel ist hier. Hat er auch die Würste mitgebracht?" Die Köchin sagte: „Ach ja, zwei so schöne Würste, wie ich sie kaum gesehen habe. Und gleich sind alle beide fertig gebraten." Sie ging und nahm die eine von der Glut, und es gelüstete sie auch nach der Wurst, so gut wie dem Pfarrer. Und sie setzten sich beide zusammen nieder. Während sie so begierig die Wurst aßen, begannen ihnen die Mäuler vor Fett zu schäumen. Ein anderer Mann sah und hörte, daß der Pfarrer zu der Köchin sprach: „Ach, meine liebe, traute Magd, sieh, wie schäumt dir der Mund!" Und die Magd sprach wieder zu dem Pfarrer: „Ach, lieber Herr, sogleich ist Euer Mund auch so!"

Darüber kam Eulenspiegel von der Kirche hereingegangen. Da sprach ihn der Pfarrer an: „Sieh, was du für Würste gebracht hast! Schau, wie mir und meiner Haushälterin die Münder triefen!" Eulenspiegel lachte und sprach: „Gott segne es Euch, Herr Pfarrer! Euch geschieht nach Euerm Begehren, da Ihr mir nachrieft, ich solle zwei Würste mitbringen. Davon wolltet Ihr essen, daß Euch der Mund schäume. Aber des Schäumens achte ich nicht, wenn nur nicht das Speien hinterher kommt. Ich bin sicher, es wird bald hinterher kommen. Denn wovon die zwei Würste gemacht sind, das war eine verendete Sau, die schon vier Tage tot war.

Darum mußte ich das Fleisch sauber seifen, und davon kommt Euch der Schaum."

Die Köchin fing an zu zürnen und spie über den Tisch, desgleichen auch der Pfarrer. Der rief: „Geh schnell aus meinem Haus, du Schalk und Bube!" und ergriff einen Knüttel und wollte ihn damit werfen und schlagen. Eulenspiegel sprach: „Das stehet einem frommen Mann nicht wohl an! Ihr hießet mich doch die Würste bringen, habt sie beide gegessen und wollt mich jetzt mit Knütteln schlagen und werfen. Bezahlt mir doch zuerst die beiden Würste, ich schweige von der dritten!"

Der Pfarrer wurde zornig und tobte sehr. Er sprach, Eulenspiegel solle künftig seine faulen Würste, die er aus der Abfallgrube geholt habe, selber essen und sie ihm nicht in sein Haus bringen. Eulenspiegel sagte: „Ich habe sie Euch doch ohne Euren Willen nicht in den Leib gesteckt. Freilich hätte ich diese Würste nicht essen mögen. Aber die erste Wurst hätte ich wohl gemocht. Die habt Ihr mir ohne meine Erlaubnis aufgegessen. Habt Ihr nun die gute erste Wurst gefressen, so eßt auch die schlechten Würste hinterher!" Und er sprach: „Ade, gute Nacht!"

Die 38. Historie sagt, wie Eulenspiegel dem Pfarrer zu Kissenbrück sein Pferd mit einer falschen Beichte abschwatzte.

Eine böse Schalkheit ließ sich Eulenspiegel nicht entgehen in dem Dorfe Kissenbrück im Asseburger Gerichtsbezirk. Da wohnte ein Pfarrer, der eine gar schöne Haushälterin hatte und dazu ein kleines, hübsches, munteres Pferd. Die hatte der Pfarrer alle beide sehr gern, das Pferd und auch die Magd. Nun war der Herzog von Braunschweig zu dieser Zeit in Kissenbrück gewesen und hatte den Pfarrer durch andere Leute mehrfach gebeten, ihm das Pferd zu überlassen, er wolle ihm dafür mehr geben, als es wert sei. Der Pfarrer schlug es aber dem Fürsten allezeit ab. Er wollte das Pferd nicht verlieren, weil er es so gern hatte. Der Fürst wagte auch nicht, ihm das Pferd wegnehmen zu lassen, denn das Gericht unterstand dem Rat von Braunschweig.

Eulenspiegel hatte diese Dinge gehört und wohl verstanden und sprach zu dem Fürsten: „Gnädiger Herr, was wollt Ihr mir schenken, wenn ich Euch das Pferd des Pfaffen zu Kissenbrück herbeischaffe?" „Wenn du das tust", sprach der Herzog, „will ich dir den Rock geben, den ich jetzt anhabe." Und das war ein roter, mit Perlen bestickter Schamlot.

Eulenspiegel nahm das an und ritt von Wolfenbüttel in das Dorf zur Herberge beim Pfarrer. Er war in des Pfarrers Haus wohlbekannt, denn er war oft vorher bei ihm gewesen und ihm willkommen. Als er nun etwa drei Tage dort gewesen war, da gebärdete er sich, als ob er ganz krank sei, ächzte laut und legte sich nieder. Dem Pfaffen und seiner Haushälterin tat es leid, und sie wußten keinen Rat, was sie tun sollten. Zuletzt wurde Eulenspiegel so krank, daß ihn der Pfaffe anredete und ihn bat, er möge beichten und das Abendmahl nehmen. Eulenspiegel war durchaus dazu geneigt. Der Pfarrer wollte ihm selbst die Beichte abnehmen und ihn aufs schärfste befragen. Er sprach, Eulenspiegel möge an seine Seele denken, denn er habe sein Leben lang viel Abenteuer getrieben. Er sorge sich, ob ihm Gott der Allmächtige seine Sünden vergeben werde. Eulenspiegel sprach ganz kränklich zu dem Pfarrer: er wisse nichts, das er getan habe, außer einer Sünde; die aber dürfe er ihm nicht beichten. Er möge ihm einen anderen Pfaffen holen, dem wolle er sie beichten. Denn wenn er sie ihm offenbare, so besorge er, daß er ihm darum zürnen würde.

Als der Pfarrer das hörte, meinte er, dahinter sei etwas verborgen, und das wollte er wissen. Er sprach: „Lieber Eulenspiegel, der Weg ist weit, ich kann den anderen Pfaffen nicht so schnell erreichen. Wenn du aber inzwischen stirbst, so hätten du und ich vor Gott dem Herrn die Schuld, wenn es deshalb mit dir versäumt würde. Sage es mir! Die Sünde wird so schwer nicht sein, ich will dich davon lossprechen. Was hülfe es auch, wenn ich böse würde? Ich darf doch die Beichte nicht offenbaren." Da sagte Eulenspiegel: „So will ich das wohl beichten." Die Sünde sei auch nicht so schwer. Sondern ihm sei es nur leid, daß der Pfarrer zornig werden würde, denn es beträfe ihn. Da verlangte es den Pfarrer noch mehr, es zu wissen. Und er sprach: wenn er ihm etwas gestohlen, sonst etwas angetan, ihn geschädigt habe oder was es auch sei, Eulenspiegel möge es ihm beichten. Er wolle es ihm vergeben und ihn nimmer darum hassen.

Eulenspiegel sprach: „Ach, lieber Herr, ich weiß, Ihr werdet mir darum zürnen. Doch ich fühle und fürchte, daß ich bald von hinnen scheiden muß. Ich will es Euch sagen. Gott weiß, ob Ihr zornig oder böse werdet. Lieber Herr, das ist es: ich habe bei Eurer Magd geschlafen." Der Pfaffe fragte, wie oft das geschehen sei. Eulenspiegel antwortete: „Nur fünfmal." Der Pfaffe dachte: dafür soll sie fünf Hiebe bekommen.

Er absolviertes Eulenspiegel sogleich, ging in die Kammer und ließ seine Magd zu sich kommen. Er fragte sie, ob sie bei Eulenspiegel geschlafen habe. Die Köchin sprach nein, das sei gelogen. Der Pfaffe sagte, Eulenspiegel habe es ihm doch gebeichtet, und er glaube es ihm auch. Die Haushälterin sprach: „Nein", der Pfaffe sprach: „Ja" und erwischte einen Stecken und schlug sie braun und blau. Eulenspiegel lag im Bett, lachte und dachte bei sich selbst: Nun will das Spiel gut werden und ein rechtes Ende nehmen. Und er lag den ganzen Tag so.

In der Nacht aber wurde er gesund, stand des Morgens auf und sprach, es gehe ihm besser, er müsse in ein anderes Land. Der Pfarrer möge berechnen, was er während der Krankheit verzehrt habe. Der Pfaffe rechnete mit ihm ab, war aber so irr in seinem Sinn, daß er nicht wußte, was er tat. Er berechnete Geld und nahm doch kein Geld und war mit allem zufrieden, wenn Eulenspiegel nur von dannen ritte. Ebenso ging es der Köchin, die um seinetwillen geschlagen worden war.

Als Eulenspiegel bereit war und gehen wollte, sprach er zu dem Pfaffen: „Herr, seid daran erinnert, daß Ihr die Beichte offenbart habt! Ich will nach Halberstadt zum Bischof gehn und ihm das von Euch berichten." Der Pfaffe vergaß seinen Zorn, als er hörte, daß Eulenspiegel ihn in Schwierigkeiten bringen wollte. Er fiel ihm zu Füßen und bat ihn mit großem Ernst zu schweigen. Es sei im Jähzorn geschehen. Er wolle ihm zwanzig Gulden geben, damit er ihn nicht anzeige. Eulenspiegel sprach: „Nein, ich wollte nicht einmal hundert Gulden nehmen, um das zu verschweigen. Ich will gehen und es vorbringen, wie es sich gebührt." Der

Pfaffe bat die Magd mit tränenden Augen, sie solle Eulenspiegel fragen, was er von ihm haben möchte; das wolle er ihm geben. Schließlich sagte Eulenspiegel, wenn der Pfaffe ihm sein Pferd geben wolle, so wolle er schweigen, und es solle ungemeldet bleiben. Er wolle aber nichts anderes nehmen als das Pferd. Der Pfaffe hatte das Pferd sehr gern und hätte Eulenspiegel lieber seine ganze Barschaft gegeben, als von dem Pferde zu lassen. Und doch trennte er sich von ihm, wenn auch gegen seinen Willen, denn die Not brachte ihn dazu.

Er gab Eulenspiegel das Pferd und ließ ihn damit fortreiten. Also ritt Eulenspiegel mit des Pfaffen Pferd nach Wolfenbüttel. Als er auf den Stadtwall kam, stand der Herzog auf der Zugbrücke und sah Eulenspiegel mit dem Pferd dahertraben. Sogleich zog der Fürst den Rock aus, den er Eulenspiegel versprochen hatte, ging zu ihm und sprach: „Schau her, mein lieber Eulenspiegel, hier ist der Rock, den ich dir versprochen habe!" Da sprang Eulenspiegel vom Pferd und sagte: „Gnädiger Herr, hier ist Euer Pferd." Er hatte sich den großen Dank des Herzogs verdient und mußte ihm erzählen, wie er das Pferd von dem Pfaffen an sich gebracht hatte. Darüber lachte der Fürst und war fröhlich und gab Eulenspiegel ein anderes Pferd zu dem Rock.

Der Pfarrer aber trauerte um das Pferd und schlug die Köchin noch oft und heftig darum, so daß sie ihm entlief. Da war er ihrer beide ledig, des Pferdes und der Magd.

Die 39. Historie sagt, wie Eulenspiegel in dem Dorfe Peine einem kranken Kinde zum Scheißen verhalf und großen Dank verdiente.

Recht bewährte Arznei scheut man zuweilen wegen eines kleinen Geldbetrages, und man muß den herumziehenden Händlern oft noch viel mehr geben. So geschah es einmal im Stift Hildesheim. Dahin kam einst auch Eulenspiegel, und zwar in eine Herberge, deren Wirt nicht daheim war. Eulenspiegel war dort gut bekannt. Die Wirtin hatte ein krankes Kind. Eulenspiegel fragte die Wirtin, was dem Kinde fehle und was es für eine Krankheit habe. Da sprach die Wirtin: „Das Kind kann nicht zu Stuhl gehen. Könnte es zu Stuhl gehen, so würde es mit ihm besser werden." Eulenspiegel sagte: „Da gibt es noch guten Rat." Die Frau sprach, wenn er etwas dazu tun könne und dem Kinde hülfe, so wolle sie ihm geben, was er haben wolle. Eulenspiegel sagte, dafür wolle er nichts nehmen, das sei ihm eine leichte Kunst: „Wartet eine kleine Weile, es soll bald geschehen."

Nun hatte die Frau hinten im Hof etwas zu tun und ging dorthin. Derweilen schiß Eulenspiegel einen großen Haufen an die Wand, stellte gleich des Kindes Kackstühlchen darüber und setzte das kranke Kind darauf. Als die Frau wieder aus dem Hof zurückkam, sah sie das Kind auf dem Stühlchen sitzen und sprach „Ach, wer hat das getan? „ Eulenspiegel sagte: „Das habe ich getan. Ihr sagtet, das Kind könne nicht zu Stuhl gehn, also habe ich es darauf gesetzt." Da wurde sie gewahr, was unter dem Stuhle lag, und sprach: „Ach, lieber Eulenspiegel, seht her, das hat dem Kind im Leibe gelegen! Habt Dank, daß Ihr dem Kind geholfen habt!" Eulenspiegel sagte: „Von dieser Arznei kann ich viel machen mit Gottes Hilfe."

Die Frau bat ihn freundlich, daß er auch sie diese Kunst lehre, sie wolle ihm dafür geben, was er haben wolle. Da sagte Eulenspiegel, daß er reisefertig sei. Wenn er aber wiederkäme, so wolle er sie die Kunst lehren.

Er sattelte sein Pferd und ritt gen Rosenthal. Doch kehrte er wieder um, ritt wieder auf Peine zu und wollte hindurch reiten nach Celle. Da standen halbnackte Bankerte von der Burg und fragten Eulenspiegel, welchen Weg er daherkäme. Eulenspiegel sprach: „Ich komme von Koldingen. „ Denn er sah wohl, daß sie nicht viel anhatten. Sie sagten: „Höre, wenn du von Koldingen kommst, was läßt uns denn der Winter sagen?" Eulenspiegel sprach: „Der will euch nichts sagen lassen, er will euch selber ansprechen." Und er ritt weiter und ließ die halbnackten Buben stehn.

Die 40. Historie sagt, wie Eulenspiegel sich bei einem Schmied verdingte und wie er ihm die Bälge in den Hof trug.

Eulenspiegel kam nach Rostock im Lande Mecklenburg und verdingte sich dort als Schmiedegeselle. Der Schmied hatte eine Redensart: wenn der Geselle kräftig den Blasebalg treten sollte, sprach er: „Haho, folge mit den Bälgen nach!“ Nun stand Eulenspiegel auf den Bälgen und blies. Da sprach der Schmied zu Eulenspiegel mit harten Worten: „Haho, folg mit den Bälgen nach!“ Und mit diesen Worten ging er hinaus in den Hof und wollte sich seines Wassers entledigen. Also nahm Eulenspiegel den einen Balg auf den Nacken, folgte dem Meister nach in den Hof und sprach: „Meister, hier bring ich den einen Balg, wo soll ich ihn hintun? Ich will gehen und den anderen auch holen.“ Der Meister sah sich um und sagte: „Lieber Geselle, ich meinte es nicht so. Geh hin und leg den Balg wieder an seine Stelle, wo er vorher lag!“ Das tat Eulenspiegel und trug ihn wieder an seinen Ort.

Da überlegte der Meister, wie er ihm das vergelten könnte, und wurde mit sich selber einig: fünf Tage lang wollte er um Mitternacht aufstehen, den Gesellen wecken und ihn arbeiten lassen. So weckte er die Gesellen und ließ sie schmieden. Eulenspiegels Mitgeselle begann zu fragen: „Was meint unser Meister damit, daß er uns so früh weckt? Das pflegte er sonst nicht zu tun.“ Da sprach Eulenspiegel: „Willst du, so will ich ihn fragen.“ Der Geselle sagte ja. Nun sprach Eulenspiegel: „Lieber Meister, wie geht es zu, daß Ihr uns so früh weckt? Es ist erst Mitternacht.“ Der Meister antwortete: „Es ist meine Art, daß zu Anfang meine Gesellen acht Tage auf meinen Betten nicht länger liegen sollen als eine halbe Nacht.“ Eulenspiegel schwieg still, und sein Kumpan wagte nicht zu sprechen.

In der nächsten Nacht weckte sie der Meister wieder um Mitternacht. Da ging Eulenspiegels Mitgeselle zum Arbeiten. Eulenspiegel aber nahm das Bett und band es sich auf den Rücken. Und als das Eisen heiß war, kam er eilends vom Dachboden zum Amboß gelaufen und schlug mit zu, daß die Funken ins Bett stoben. Der Schmied sprach: „Nun sieh doch, was tust du da? Bist du toll geworden? Mag das Bett nicht liegen bleiben, wo es liegen soll?" Eulenspiegel sagte: „Meister, zürnet nicht, es ist meine Art in der ersten Woche, daß ich eine halbe Nacht auf dem Bette liegen will, und die andere halbe Nacht soll das Bett auf mir liegen." Der Meister wurde zornig und sprach zu ihm, er solle das Bett wieder dahin tragen, wo er es hergenommen habe. Und weiter sprach er zu ihm in jähem Ärger: „Und geh mir da oben aus meinem Haus, du wahnwitziger Schalk!" Eulenspiegel sagte ja, ging auf den Dachboden und legte das Bett wieder dorthin, woher er es genommen hatte. Er holte eine Leiter, stieg in den Dachfirst, brach das Dach oben auf und ging auf die Dachlatten. Dann nahm er die Leiter, zog sie nach sich, setzte sie vom Dach aus auf die Straße, stieg hinab und ging davon.

Der Schmied hörte, daß er polterte, ging ihm mit dem anderen Gesellen auf den Dachboden nach und sah, daß Eulenspiegel das Dach aufgebrochen hatte und dadurch hinausgestiegen war. Da wurde er noch zorniger, suchte den Spieß und lief aus dem Hause ihm nach. Der Geselle hielt den Meister zurück und sprach zu ihm: „Meister, nicht also! Laßt Euch sagen: er hat doch nichts anderes getan, als was Ihr ihn geheißen habt. Denn Ihr spracht zu ihm, er solle Euch da oben aus dem Hause gehn. Das hat er getan, wie Ihr seht." Der Schmied ließ sich belehren. Und was sollte er auch tun? Eulenspiegel war fort, und der Meister mußte das Dach wieder flicken lassen und dessen zufrieden sein. Der Geselle sprach: „An solchen Kumpanen ist nicht viel zu gewinnen. Wer Eulenspiegel nicht kennt, der habe nur mit ihm zu tun, dann lernt er ihn kennen."

Die 41. Historie sagt, wie Eulenspiegel einem Schmied Hämmer und Zangen und andres Werkzeug zusammenschmiedete.

Als Eulenspiegel von dem Schmied kam, da ging es dem Winter entgegen, und der Winter war kalt. Es fror hart, und dazu kam eine teure Zeit, so daß viele Dienstleute ohne Arbeit waren. Und auch Eulenspiegel hatte kein Geld mehr zu verzehren. Da wanderte er weiter und kam in ein Dorf, wo auch ein Schmied wohnte. Der nahm ihn als Schmiedegeselle auf. Eulenspiegel hatte zwar keine große Lust, dort als Schmiedegeselle zu bleiben; doch der Hunger und des Winters Not zwangen ihn dazu. Er dachte: halte aus, was du aushalten kannst; so lange, bis der Finger wieder in die lockere Erde geht, tu, was der Schmied will. Der Schmied wollte ihn wegen der teuren Zeit nicht gern aufnehmen. Da bat Eulenspiegel den Schmied, daß er ihm zu arbeiten gebe. Er wolle alles tun, was der Schmied wolle, und dazu essen, was sonst niemand essen wolle.

Der Schmied war ein geiziger Mann, dazu spottlustig. Er dachte: nimm ihn auf, versuche es mit ihm acht Tage lang, in dieser Zeit kann er dich nicht arm essen. Des Morgens begannen sie zu schmieden. Der Schmied trieb Eulenspiegel heftig an, mit dem Hammer und mit den Bälgen zu arbeiten, bis es Mittag und Zeit zum Essen wurde. Im Hof hatte der Schmied einen Abtritt. Als sie zu Tisch gehen wollten, nahm der Schmied Eulenspiegel, führte ihn zum Abtritt in den Hof und sagte dort zu ihm: „Sieh her, du sprachst, du wolltest essen, was niemand essen wolle, damit ich dir zu arbeiten gebe. Dies mag niemand essen, das iß du nun alles!" Und er ging in das Haus, aß etwas und ließ Eulenspiegel bei dem Abtritt stehen.

Eulenspiegel schwieg still und dachte: Du hast dich verrannt, du hast solches und Böseres vielen anderen Leuten getan. Mit dem Maße wird dir nun wieder gemessen. Doch wie willst du ihm das heimzahlen? Denn heimgezahlt muß es werden, und wäre der Winter noch so hart.

Eulenspiegel arbeitete allein bis an den Abend. Da gab der Schmied ihm etwas zu essen, denn er hatte den Tag über gefastet. Und es ging ihm nicht aus dem Kopf, daß der Schmied ihn zum Abort gewiesen hatte. Als Eulenspiegel zu Bett gehen wollte, sprach der Schmied zu ihm: „Steh morgen auf, die Magd soll den Blasebalg ziehen, und schmiede eins nach dem anderen, was du hast, und haue Hufnägel ab, solange bis ich aufstehe." Da ging Eulenspiegel schlafen. Und als er aufstand, dachte er, er wolle es ihm heimzahlen, und sollte er bis an die Knie im Schnee laufen.

Er machte ein heftiges Feuer, nahm die Zange, schweißte sie an den Sandlöffel und fügte sie so zusammen. Desgleichen tat er mit zwei Hämmern, dem Feuerspieß und dem Speerhaken. Dann nahm er das

Gefäß, in dem die Hufnägel lagen, schüttete sie heraus, hieb ihnen die Köpfe ab und legte die Köpfe zusammen und die Stifte ebenfalls. Als er hörte, daß der Schmied aufstand, nahm er seinen Schurz und ging hinweg. Der Schmied kam in die Werkstatt und sah, daß den Hufnägeln die Köpfe abgehauen und Hämmer und Zangen und anderes Werkzeug zusammengeschmiedet waren. Da wurde er sehr zornig und rief die Magd, wo der Geselle hingegangen sei. Die Magd sagte, er sei vor die Tür gegangen. Der Schmied fluchte und sprach: „Er ist gegangen als ein niederträchtiger Schalk. Wüßte ich, wo er außerhalb des Ortes ist, ich wollte ihm nachreiten und ihm einen guten Schlag in das Genick geben." Die Magd sagte: „Er schrieb etwas über die Tür, als er wegging. Es ist ein Antlitz, das sieht aus wie eine Eule." Denn Eulenspiegel hatte diese Gewohnheit: wo er eine Büberei tat und man ihn nicht kannte oder seinen Namen nicht wußte, da nahm er Kreide oder Kohle, malte über die Tür eine Eule und einen Spiegel und schrieb darüber auf Lateinisch: „Hic fuit". Und das malte Eulenspiegel auch auf des Schmiedes Tür. Als der Schmied des Morgens aus dem Hause ging, da fand er das also, wie ihm die Magd gesagt hatte. Aber der Schmied konnte die Schrift nicht lesen. Da ging er zu dem Kirchherrn und bat ihn, daß er mitgehe und die Schrift über seiner Tür lese. Der Kirchherr ging mit dem Schmied vor seine Tür und sah die Schrift und das Gemalte. Da sprach er zu dem Schmied: „Das bedeutet soviel als: Hier ist Eulenspiegel gewesen."

Der Kirchherr hatte viel von Eulenspiegel gehört und was dieser für ein Geselle war. Er schalt den Schmied, daß er es ihn nicht habe wissen lassen, weil er doch Eulenspiegel gern gesehen hätte. Da wurde der Schmied böse auf den Kirchherrn und sagte: „Wie sollte ich Euch zu wissen tun, was ich selber nicht wußte? Doch ich weiß nun wohl, daß er in meinem Hause gewesen ist; das sieht man gut an meinem Werkzeug. Aber daß er wiederkommt, daran ist mir wenig gelegen." Und er nahm die Kohlenquaste, wischte alles über der Tür aus und sagte: „Ich will keines Schalkes Wappen an meiner Tür haben." Da ging der Kirchherr von dannen und ließ den Schmied stehen.

Aber Eulenspiegel blieb aus und kam nicht wieder.

Die 42. Historie sagt, wie Eulenspiegel einem Schmied, seiner Frau, seinem Knecht und seiner Magd je eine Wahrheit draußen vor dem Hause sagte.

An einem Feiertag gelangte Eulenspiegel nach Wismar, als er von dem Schmied kam. Dort sah er vor einer Schmiede eine hübsche Frau mit ihrer Magd stehn; das war die Frau des Schmiedes. Er kehrte in der Herberge gegenüber ein, riß in der Nacht seinem Pferde alle vier Hufeisen ab und zog am anderen Tage vor die Schmiede. Und es wurde bekannt, daß er Eulenspiegel war. Als er vor die Schmiede kam und sie sehen konnten, daß es Eulenspiegel war, da kamen die Frau und die Magd vor das Haus auf die Diele, damit sie Eulenspiegels Tun hören und sehen konnten. Eulenspiegel fragte den Schmied, ob er ihm sein Pferd beschlagen wolle. Der Schmied bejahte, und es war ihm lieb, daß er mit Eulenspiegel reden konnte.

Und unter vielen Worten sprach der Schmied zu ihm: wenn er ihm ein wahres Wort sagen könne, so wolle er seinem Pferd ein Hufeisen geben. Eulenspiegel sagte ja und sprach: „Wenn Ihr habt Eisen und Kohlen / und Wind in den Balg holet, / so könnt Ihr wohl schmieden." Der Schmied sagte: „Das ist wirklich wahr" und gab ihm ein Hufeisen.

Der Knecht schlug dem Pferd das Eisen auf und sprach zu Eulenspiegel am Notstall: könne er ihm ebenfalls ein wahres Wort sagen, das ihn betreffe, so wolle auch er dem Pferd ein Hufeisen geben. Eulenspiegel sagte ja und sprach: „Ein Schmiedeknecht und sein Gesell / müssen beide kräftig zupacken, / wenn sie zu Werke gehen wollen." Der Knecht sagte: „Das ist auch wahr" und gab ihm ein Hufeisen.

Als das die Frau und die Magd sahen, drängten sie sich herzu, damit sie auch mit Eulenspiegel ins Gespräch kämen. Sie fragten ihn, ob er ihnen beiden auch ein wahres Wort sagen könne, jede von ihnen wolle ihm ebenfalls ein Hufeisen geben. Eulenspiegel sagte wieder ja und sprach zu der Frau: „Eine Frau, die viel vor der Türe steht / und bei der viel Weißes im Auge zu sehn ist: / Hätte sie Zeit und Gelegenheit, / die wär kein Fisch bis auf die Gräten." Die Frau sprach: „Das ist wirklich wahr" und gab ihm ein Hufeisen.

Danach sagte er zu der Magd: „Mägdlein, wenn du issest, so hüte dich vor Rindfleisch. Dann brauchst du nicht in den Zähnen zu stochern, und es tut dir auch der Bauch nicht weh.“ Die Magd sprach: „Ei, behüt uns Gott, was für ein wahres Wort das ist.“ Und sie gab ihm auch ein Hufeisen.

Also ritt Eulenspiegel von dannen, und sein Pferd war ihm wohl beschlagen worden.

Die 43. Historie sagt, wie Eulenspiegel einem Schuhmacher diente und wie er ihn fragte, welche Formen er zuschneiden solle. Der Meister sprach: „Groß und klein, wie es der Schweinehirt aus dem Tore treibt.“ Also schnitt er zu Ochsen, Kühe, Kälber, Böcke usw. und verdarb das Leder.

Einst diente Eulenspiegel bei einem Schuhmacher. Der schlenderte viel lieber auf dem Markt umher, als daß er arbeitete. Er hieß Eulenspiegel, Leder zuzuschneiden. Eulenspiegel fragte, was für eine Form er haben wolle. Der Schuhmacher sagte: „Schneide zu, groß und klein, wie es der Schweinehirt aus dem Dorf treibt.“Eulenspiegel sagte: „ja, Meister, gern.“

Der Schuhmacher ging aus, und Eulenspiegel schnitt zu. Er machte von dem Leder Schweine, Ochsen, Kälber, Schafe, Ziegen, Böcke und allerlei Vieh. Der Meister kam des Abends heim und wollte sehen, was sein Geselle zugeschnitten hatte. Da fand er aus dem Leder diese Tiere geschnitten. Er wurde böse und sprach zu Eulenspiegel: „Was hast du daraus gemacht? Warum hast du mir das Leder so unnütz zerschnitten?“ Eulenspiegel sagte: „Lieber Meister, ich habe es gemacht, wie Ihr es gern habt.“ Der Meister sprach: „Das lügst du, ich wollte es nicht haben, daß du das Leder verderben solltest. Das habe ich dich nicht geheißen.“ Eulenspiegel sagte: „Meister, was ist die Ursache Eures Zornes? Ihr sagtet zu mir, ich solle von dem Leder zuschneiden klein und groß, wie es der Schweinehirt aus dem Tor treibt. Das habe ich getan, wie Ihr seht.“ Der Meister sprach: „So meinte ich das nicht. Ich meinte das so, daß es kleine und große Schuhe sein sollten. Die solltest du nähen, einen nach dem andern.“ Eulenspiegel sagte: „Hättet Ihr mich das so geheißen, so hätte ich das gern getan und tue es auch noch gern.“

Nun, Eulenspiegel und sein Meister vertrugen sich wieder miteinander. Der Meister vergab ihm das Zuschneiden, denn Eulenspiegel gelobte ihm: er wolle es fortan so machen, wie der Meister es haben wolle und wie er es ihn hieße. Da schnitt der Schuhmacher Sohlenleder zu, legte es vor Eulenspiegel hin und sagte: „Sieh her, nähe die kleinen mit den großen, einen durch den andern.“ Eulenspiegel sagte ja und fing an zu nähen. Sein Meister zögerte mit dem Ausgehen, wollte Eulenspiegel beobachten und sehen, wie er das machen wurde. Denn er hatte erkannt: was er ihn geheißen hatte, das würde er hernach tun.

Und Eulenspiegel tat auch nach des Meisters Gebot. Er nahm einen kleinen Schuh und einen großen, steckte den kleinen in den großen und nähte sie zusammen. Da der Meister wieder umherschlendern gehen wollte, war es ihm leid, was Eulenspiegel tun wollte und auch tat: er sah, daß Eulenspiegel einen Schuh durch den andern nähte. Da sprach er: „Du bist mein rechter Geselle, du tust alles, was ich dich heiße.“ Eulenspiegel sagte: „Wer tut, was man ihn heißt, der wird nicht geschlagen, was anderenfalls wohl möglich ist.“ Der Meister sprach: „ja, mein lieber Geselle, das ist so: meine Worte waren also, nicht aber meine Meinung. Ich meinte, du solltest zuerst ein kleines Paar Schuhe machen und danach ein großes Paar. Oder die großen zuerst und die kleinen danach. Du tust nach den Worten, nicht nach der Meinung.“ Und er wurde zornig, nahm ihm das zugeschnittene Leder weg und sagte: „Sei vernünftig, sieh her, da hast du anderes Leder; schneide Schuhe zu über einen Leisten!“ Und er dachte nicht mehr weiter darüber nach, denn er mußte ausgehen.

Der Meister ging seinem Gewerbe nach und war beinahe eine Stunde fort. Dann erst dachte er daran, daß er seinen Gesellen geheißen hatte, die Schuhe über einen Leisten zu schneiden. Er ließ alle seine Geschäfte stehn und liegen und lief eilig nach Hause. Eulenspiegel hatte derweilen gesessen, das Leder genommen und alles über den kleinen Leisten geschnitten. Als der Meister kam, sah er, daß Eulenspiegel alle Schuhe über den kleinen Leisten geschnitten hatte. Da sagte er zu ihm: „Wie gehört der große Schuh zu dem kleinen Leisten?" Eulenspiegel sprach: „Ja, wollt Ihr das auch noch haben, so will ich das noch hernach machen und den größeren noch nachschneiden." Der Meister sagte: „Besser könnte ich einen kleineren Schuh aus dem größeren zuschneiden, als einen größeren aus dem kleinen. Du nimmst nur einen Leisten und der andere Leisten wird nicht benutzt." Eulenspiegel sagte: „Wahrhaftig, Meister, Ihr hießet mich, die Schuhe über einen Leisten zuzuschneiden."

Der Meister sprach: „Ich heiße dich wohl so lange etwas, bis ich mit dir an den Galgen laufen muß." Und er sprach weiter, er solle ihm das Leder bezahlen, das er ihm verdorben habe; wo solle er anderes Leder hernehmen? Eulenspiegel sagte: „Der Gerber kann des Leders wohl mehr machen." Dann stand er auf, ging zur Tür, kehrte sich auf der Schwelle noch einmal um und sprach: „Komm ich auch in dieses Haus nicht wieder, so bin ich doch hier gewesen." Damit ging er zur Stadt hinaus.

Die 44. Historie sagt, wie Eulenspiegel einem Schuhmacher in Wismar Dreck, der gefroren war, als Talg verkaufte.

Eulenspiegel hatte einmal einem Schuhmacher in Wismar beim Zuschneiden viel Leder verdorben und ihm damit großen Schaden angetan, so daß der gute Mann ganz traurig war. Das vernahm Eulenspiegel, und als er abermals nach Wismar kam, sprach er denselben Schuhmacher, dem er den Schaden zugefügt hatte, wieder an: er würde eine Ladung Leder und Schmalz bekommen, die wolle er ihm zu einem vorteilhaften Kauf anbieten, damit ihm sein Schaden wieder ersetzt würde. Der Schuhmacher sagte: „Ja, das tust du zu Recht, denn du hast mich zu einem armen Mann gemacht. Wenn du die Ware bekommst, so zeige mir das an." Damit schieden sie voneinander.

Nun war es in der Winterszeit, und die Abdecker reinigten die heimlichen Gemächer. Zu denen kam Eulenspiegel und versprach ihnen bares Geld, wenn sie ihm zwölf Tonnen mit der Materie füllten, die sie sonst ins Wasser zu fahren pflegten. Die Abdecker taten dies, füllten ihm die Tonnen bis vier Finger unter den Rand und ließen sie so lange stehn, bis sie hart gefroren waren. Dann holte Eulenspiegel sie ab. Sechs Tonnen begoß er oben dick mit Talg und schlug sie fest zu; die anderen sechs

Tonnen begoß er mit Schmer und schlug auch sie fest zu. Er ließ sie alle zum „Güldnen Stern“, seiner Herberge, fahren und gab dem Schuhmacher Nachricht. Als dieser kam, schlugen sie das Gut oben auf, und es gefiel dem Schuhmacher wohl. Sie einigten sich über den Kauf dahin, daß der Schuhmacher Eulenspiegel für die Ladung 24 Gulden geben solle, davon 12 Gulden sogleich in bar, den Rest in einem Jahr.

Eulenspiegel nahm das Geld und wanderte davon, denn er fürchtete das Ende. Der Schuhmacher empfing sein Gut und war fröhlich wie einer, der für einen Verlust entschädigt worden ist. Und er suchte Hilfe, weil er am anderen Tag Leder schmieren wollte. Viele Schuhmacherknechte kamen zu ihm, weil sie gutes Essen und Trinken erwarteten, gingen ans Werk und begannen laut zu singen, wie es ihre Art ist.

Als sie nun die Tonnen zum Feuer brachten und diese anfingen, warm zu werden, gewannen sie ihren natürlichen Geruch zurück. Da sagte jeweils einer zum andern: „Ich glaube, du hast in die Hosen geschissen.“ Der Meister sprach: „Einer von Euch hat in den Dreck getreten. Wischt die Schuhe ab, es riecht über alle Maßen übel.“ Sie suchten alle umher, aber sie fanden nichts. Da begannen sie, das Schmalz in einen Kessel zu tun und wollten das Leder schmieren. Je tiefer sie kamen, um so übler stank es. Zuletzt wurde ihnen alles klar, und sie ließen die Arbeit stehn.

Der Meister und die Gesellen liefen, um Eulenspiegel zu suchen und ihn für den Schaden haftbar zu machen. Aber er war mit dem Geld hinweg und soll noch wiederkommen nach den andern 12 Gulden. Also mußte der Schuhmacher seine Tonnen mit dem Talg zur Abfallgrube fahren und war so zu zweifachem Schaden gekommen.

Die 45. Historie sagt, wie Eulenspiegel in Einbeck ein Brauergeselle wurde und einen Hund, der Hopf hieß, anstelle von Hopfen sott.

Eifrig machte sich Eulenspiegel wieder an seine Arbeit. Zu einer Zeit, als in Einbeck sein Streich mit den Pflaumen, die er beschissen hatte, vergessen war, kam er wieder nach Einbeck und verdingte sich bei einem

Bierbrauer. Da begab es sich, daß der Brauer zu einer Hochzeit gehen wollte. Er befahl Eulenspiegel, derweilen mit der Magd Bier zu brauen, so gut er könne. Später wolle er ihm zu Hilfe kommen. Vor allen Dingen solle er mit besonderem Eifer darauf achten, den Hopfen wohl zu sieden, damit das Bier davon einen kräftigen Geschmack bekomme, so daß er es gut verkaufen könne. Eulenspiegel sagte: „Ja, gern", er wolle sein Bestes tun. Damit ging der Brauer zusammen mit seiner Frau zur Tür hinaus.

Eulenspiegel begann, tüchtig zu sieden. Die Magd unterwies ihn, denn sie verstand mehr davon als er. Als es nun soweit war, daß man den Hopfen sieden sollte, sprach die Magd: „Ach, Lieber, den Hopfen siedest du wohl allein. Vergönne mir, daß ich für eine Stunde weggehe und beim Tanzen zuschaue." Eulenspiegel sagte ja und dachte: Geht die Magd auch weg, so hast du Gelegenheit zu einem Streich; was willst du nun diesem Brauer für eine Schalkheit antun?

Nun hatte der Brauer einen großen Hund, der hieß Hopf. Den nahm er, als das Wasser heiß war, warf ihn hinein und ließ ihn tüchtig darin sieden, daß ihm Haut und Haar abgingen und das ganze Fleisch von den Knochen fiel. Als die Magd dachte, daß es Zeit sei, heimzugehen und der Hopfen genug gekocht sei, kam sie und wollte Eulenspiegel helfen. Sie sagte: „Sieh, mein lieber Bruder, der Hopfen hat genug gesiedet, laß ablaufen!" Als sie nun das Sieb versetzten und mit einer großen Kelle zu schöpfen begannen, da sagte die Magd: „Hast du auch Hopfen hinein getan? Ich merke noch nichts davon in meiner Kelle!" Eulenspiegel sprach: „Auf dem Grund wirst du ihn finden." Die Magd fischte danach, bekam das Gerippe auf die Kelle und begann laut zu schreien: „Ei, behüte mich Gott, was hast du darein getan? Der Henker trinke das Bier!" Eulenspiegel sagte: „Wie mich unser Brauer geheißen hat, Hopf, unsern Hund."

Währenddessen kam der Brauer betrunken nach Hause und sprach: „Was macht ihr, meine lieben Kinder, seid ihr guter Dinge?" Die Magd sagte: „Ich weiß nicht, was den Teufel wir tun. Ich ging eine halbe Stunde, dem Tanz zuzusehen, und hieß unsern neuen Knecht, den Hopfen derweilen gar zu sieden. Da hat er unseren Hund gesotten, hier könnt Ihr noch sein Rückgrat sehen." Eulenspiegel sprach: „Ja, Herr, Ihr habt mich das so geheißen. Ist das nicht eine große Plage? Ich tue alles, was man mich heißet, aber ich kann keinen Dank verdienen. Welche Brauer man auch nehmen will: wenn ihr Gesinde nur die Hälfte von dem tut, was man es heißt, sind sie damit zufrieden."

Also nahm Eulenspiegel seine Entlassung, ging davon und verdiente nirgends großen Dank.

Die 46. Historie sagt, wie Eulenspiegel sich bei einem Schneider verdingte und unter einer Bütte nähte.

Eulenspiegel kam nach Berlin und verdingte sich als Schneidergeselle. Als er in der Werkstatt saß, sagte der Meister zu ihm: „Geselle, wenn du nähst, so nähe gut und nähe so, daß man es nicht sieht." Eulenspiegel sagte ja, stand auf, nahm Nadel und Gewand und kroch damit unter eine Bütte. Er steppte eine Naht übers Knie und begann, darüber zu nähen. Der Schneider stand, sah das an und sprach zu ihm: „Was willst du tun? Das ist ein seltsames Nähwerk." Eulenspiegel sprach: „Meister, Ihr sagtet, ich sollte nähen, daß man es nicht sieht; so sieht es niemand." Der Schneider sprach: „Nein, mein lieber Geselle, höre auf und nähe nicht mehr also! Beginne so zu nähen, daß man es sehen kann!"

Das währte etwa drei Tage. Da geschah es am späten Abend, daß der Schneider müde wurde und zu Bett gehen wollte. Ein grauer Bauernrock lag noch halb ungenäht da. Den warf er Eulenspiegel zu und sagte: „Sieh her, mach den Wolf fertig und geh danach auch zu Bett." Eulenspiegel sprach: „Ja, geht nur, ich will es schon recht tun." Der Meister ging zu Bett und dachte an nichts Böses. Eulenspiegel nahm den grauen Rock, schnitt ihn auf und machte daraus einen Kopf wie von einem Wolf, dazu Leib und Beine und spreizte alles mit Stecken auseinander, daß es wie ein Wolf aussah. Dann ging er zu Bett.

Des Morgens stand der Meister auf, weckte Eulenspiegel und fand den Wolf im Zimmer stehen. Der Schneider war bestürzt, doch sah er wohl, daß es ein nachgemachter Wolf war. Unterdessen kam Eulenspiegel dazu.

Da sprach der Schneider: „Was, zum Teufel, hast du daraus gemacht?“ Er sagte: „Einen Wolf, wie Ihr mich geheißen habt.“ Der Schneider sprach: „Solchen Wolf meinte ich nicht. Ich nannte nur den grauen Bauernrock einen Wolf.“ Eulenspiegel sagte: „Lieber Meister, das wußte ich nicht. Hätte ich aber gewußt, daß so Eure Meinung war, ich hätte lieber den Rock gemacht als den Wolf.“ Der Schneider gab sich damit zufrieden, denn es war einmal geschehen.

Nun ergab es sich nach vier Tagen, daß der Meister wieder abends müde war und gerne zeitig geschlafen hätte. Ihm dünkte jedoch, es sei noch zu früh, daß auch der Geselle zu Bett ging. Und es lag da ein Rock, der war fertig bis auf die Ärmel. Der Schneider nahm den Rock und die losen Ärmel, warf sie Eulenspiegel zu und sagte: „Wirf noch die Ärmel an den Rock und geh danach zu Bett.“ Eulenspiegel sagte ja. Der Meister ging zu Bett, und Eulenspiegel hing den Rock an den Haken. Dann zündete er zwei Lichter an, auf jeder Seite des Rockes ein Licht, nahm einen Ärmel und warf ihn an den Rock, ging dann auf die andere Seite und warf den zweiten auch daran. Und wenn zwei Lichter heruntergebrannt waren, so zündete er zwei andere an und warf die Ärmel an den Rock die ganze Nacht bis an den Morgen.

Da stand sein Meister auf und kam in das Zimmer, aber Eulenspiegel kümmerte sich nicht um den Meister und warf weiter mit den Ärmeln nach dem Rock. Der Schneider stand, sah das an und sprach: „Was, zum Teufel, machst du jetzt für ein Gaukelspiel?“ Eulenspiegel sagte ganz ernst: „Das ist für mich kein Gaukelspiel, ich habe diese ganze Nacht gestanden und die widerspenstigen Ärmel an diesen Rock geworfen, aber sie wollen daran nicht kleben. Es wäre wohl besser gewesen, daß Ihr mich hättet schlafen gehen heißen, als daß Ihr mich hießet, sie anzuwerfen. Ihr wußtet doch, daß es verlorene Arbeit war.“ Der Schneider sprach: „Ist das nun meine Schuld? Wußte ich, daß du das so verstehen wurdest? Ich meinte das nicht so, ich meinte, du solltest die Ärmel an den Rock nähen.“ Da sagte Eulenspiegel: „Das soll Euch der Teufel lohnen! Pflegt Ihr ein Ding anders zu nennen, als Ihr es meint, wie könnt Ihr das zusammenreimen? Hätte ich Eure Meinung gewußt, so wollte ich die

Ärmel gut angenäht haben und hätte auch noch ein paar Stunden geschlafen. So mögt Ihr nun den Tag sitzen und nähen, ich will gehen und mich hinlegen und schlafen." Der Meister sprach: „Nein, nicht also, ich will dich nicht als einen Schläfer unterhalten."

So zankten sie miteinander. Und der Schneider sprach im Streit Eulenspiegel wegen der Lichter an: er solle ihm die Lichter bezahlen, die er ihm verbrannt hätte. Da raffte Eulenspiegel seine Sachen zusammen und wanderte davon.

Die 47. Historie sagt, wie Eulenspiegel drei Schneiderknechte von einem Fensterladen fallen ließ und den Leuten sagte, der Wind habe sie herabgeweht.

Während eines Marktes in Bernburg war Eulenspiegel wohl 14 Tage in einer Herberge. Dicht daneben wohnte ein Schneider, der hatte drei Knechte auf einem Laden sitzen, die dort saßen und nähten. Und wenn Eulenspiegel bei ihnen vorbeiging, spotteten sie über ihn oder warfen ihm Fetzen nach. Eulenspiegel schwieg still und wartete auf einen Markttag, an dem der Markt voller Leute war. In der Nacht davor sägte Eulenspiegel die Ladenpfosten unten ab, ließ sie aber auf den untersten Steinen stehn. Des Morgens legten die Schneiderknechte den Laden auf die Pfosten, setzten sich darauf und nähten.

Als nun der Schweinehirt blies, damit jedermann seine Schweine austreiben lasse, da kamen auch des Schneiders Schweine aus seinem Hause, liefen unter das Fenster und begannen, sich an den Ladenpfosten zu reiben. Die Pfosten unter dem Fenster wurden von dem Reiben herausgedrückt, so daß die drei Knechte von dem Fensterladen auf die Gasse purzelten. Eulenspiegel sah sie, und als sie fielen, begann er laut zu rufen: „Seht, seht! Der Wind weht drei Schneider vom Fenster!"

Und er rief so laut, daß man es über den ganzen Markt hörte. Die Leute liefen herzu, lachten und spotteten. Die Knechte schämten sich und wußten nicht, wie sie von dem Fensterladen heruntergekommen waren.

Zuletzt wurden sie gewahr, daß die Ladenpfosten angesägt waren, und merkten wohl, daß Eulenspiegel ihnen das angetan hatte. Sie schlugen andere Pfähle ein und wagten nicht mehr, seiner zu spotten.

Die 48. Historie sagt, wie Eulenspiegel die Schneider im ganzen Sachsenlande zusammenrief; er wolle sie eine Kunst lehren, die ihnen und ihren Kindern zugute kommen solle.

Eine Zusammenkunft und eine Versammlung der Schneider schrieb Eulenspiegel aus in den wendischen Städten und im Lande Sachsen und besonders in den Ländern Holstein, Pommern, Stettin und Mecklenburg, auch in Lübeck, Hamburg, Stralsund und Wismar. Er entbot ihnen in dem Brief große Gunst. Sie sollten zu ihm kommen, er sei in der Stadt Rostock. Er wolle sie eine Kunst lehren, die ihnen und ihren Kindern zugute kommen solle für ewige Zeiten, solange die Welt stünde. Die Schneider in den Städten, Flecken und Dörfern schrieben einander, was ihre Meinung dazu sei. Alle schrieben, sie wollten zu einer bestimmten Zeit in die Stadt kommen. Als sie dort versammelt waren, verlangte jeder zu wissen, was das wohl sein möchte, das Eulenspiegel ihnen sagen und welche Kunst er sie lehren wolle, nachdem er sie so eindringlich angeschrieben hatte.

Nach ihrer Vereinbarung kamen sie alle zur bestimmten Zeit in Rostock zusammen. Viele Leute wunderten sich, was die Schneider da tun wollten. Als Eulenspiegel hörte, daß ihm die Schneider Folge geleistet hatten, ließ er sie zusammen kommen, bis sie alle beieinander waren. Da sprachen die Schneider Eulenspiegel an: sie seien seinem Schreiben zufolge hergekommen. Darin habe er erwähnt, er wolle sie eine Kunst lehren, die ihnen und ihren Kindern zugute kommen solle, solange die Welt stünde. Sie bäten ihn, daß er sie fördere und die Kunst offenbare und verkünde; sie wollten ihm auch ein Geschenk machen. Eulenspiegel sagte: „Ja, kommt alle zusammen auf eine Wiese, daß ein jeder das von mir hören kann."

Sie kamen denn auch alle zusammen auf einem weiten Plan. Eulenspiegel stieg in ein Haus, sah da zum Fenster hinaus und sprach:

„Ehrbare Männer des Handwerks der Schneider! Ihr sollt merken und verstehn: wenn ihr habt eine Schere, eine Elle, einen Faden und einen Fingerhut, dazu eine Nadel, so habt ihr Werkzeug genug zu euerm Handwerk. Das zu erlangen, ist euch keine Kunst, sondern es fügt sich von selbst, wenn ihr euer Handwerk ausübt. Aber diese Kunst lernt von mir und gedenket meiner dabei: Wenn ihr die Nadel eingefädelt habt, so vergeßt nicht, an das andere Ende des Fadens einen Knoten zu machen, sonst macht ihr manchen Stich umsonst. So aber hat der Faden keine Gelegenheit, aus der Nadel zu entwischen."

Ein Schneider sah den andern an, und sie sprachen zueinander: „Diese Kunst wußten wir schon vorher und auch alle die andern Sachen, die er uns gesagt hat." Und sie fragten Eulenspiegel, ob er nicht etwas mehr zu sagen habe. Denn solcher Faselei wollten sie nicht 10 oder 12 Meilen lang nachgezogen sein und zueinander Boten geschickt haben. Diese Kunst hätten die Schneider lange gewußt, schon vor mehr als tausend Jahren. Darauf antwortete ihnen Eulenspiegel: „Was vor tausend Jahren geschehen ist, daran kann sich heute niemand mehr erinnern." Auch sagte er: sei es ihnen nicht zu Willen und zu Dank, dann sollten sie es mit Unwillen und mit Undank aufnehmen; und jeder möge nur wieder dahingehen, woher er gekommen sei.

Da wurden die Schneider, die von weither gekommen waren, zornig auf ihn und wären ihm gern zu Leibe gerückt, aber sie konnten nicht an ihn herankommen. Also gingen die Schneider wieder auseinander. Teilweise waren sie wütend und fluchten und waren ganz unwillig, weil sie den weiten Weg umsonst gegangen waren und sich nichts als müde Beine geholt hatten. Die aber dort zu Hause waren, lachten und spotteten der anderen, daß sie sich so hatten äffen lassen. Sie sagten, es sei ihre eigene Schuld, daß sie dem Landtoren und Narren geglaubt hätten und ihm gefolgt seien. Denn sie hätten doch seit langem gewußt, was Eulenspiegel für ein Vogel sei.

Die 49. Historie sagt, wie Eulenspiegel an einem Feiertag Wolle schlug, weil der Tuchmacher ihm verboten hatte, am Montag zu feiern.

Als Eulenspiegel nach Stendal kam, gab er sich als Wollweber aus. Eines Sonntags sagte der Wollweber zu ihm: „Lieber Knecht, ihr Gesellen feiert gern am Montag. Wer das zu tun pflegt, den habe ich nicht gern in meinem Dienst; bei mir muß er die Woche durcharbeiten.“ Eulenspiegel sprach: „Ja, Meister, das ist mir sehr lieb.“ Da stand er am Montagmorgen auf und schlug Wolle, desgleichen am Dienstag. Das gefiel dem Wollweber wohl.

Am Mittwoch war ein Aposteltag, so daß sie feiern mußten. Aber Eulenspiegel tat, als ob er von dem Feiertag nichts wüßte, stand des Morgens auf, spannte eine Schnur und schlug Wolle, daß man es über die ganze Straße hörte. Der Meister fuhr sogleich aus dem Bett und sagte zu ihm: „Hör auf! Hör auf! Es ist heute ein Feiertag, wir dürfen nicht arbeiten.“ Eulenspiegel sprach: „Lieber Meister, Ihr kündigtet mir doch am Sonntag keinen Feiertag an, sondern Ihr sagtet, ich solle die ganze Woche durcharbeiten.“ Der Wollweber sprach: „Lieber Geselle, das meinte ich nicht so. Hör auf und schlag keine Wolle mehr! Was du den Tag verdienen könntest, will ich dir gleichwohl geben.“

Eulenspiegel war damit zufrieden und arbeitete an diesem Tage nicht. Am Abend unterhielt er sich mit seinem Meister. Da sagte der Wollweber zu ihm, daß ihm das Wolleschlagen wohl gelinge, aber er müsse die Wolle ein wenig höher schlagen. Eulenspiegel sagte ja, stand des Morgens früh auf, spannte den Bogen oben an die Latte und setzte eine Leiter daran. Er stieg hinauf und richtete es so ein, daß der Schlagstock bis oben auf die Darre hinaufreichte. Dann holte er unten von der Darre, die vom Fußboden bis zum Dachboden reichte, Wolle nach oben und schlug sie, daß sie über das Haus stob. Der Wollweber lag im Bett und hörte schon am Schlag, daß Eulenspiegel es nicht richtig machte. Er stand auf und sah nach ihm. Eulenspiegel sprach: „Meister, was dünkt Euch, ist das hoch genug?“ Der Meister sagte zu ihm: „Meiner Treu! Stündest du auf dem Dach, so wärst du noch höher. Wenn du so die Wolle schlagen willst, so kannst du sie ebenso gut auf dem Dach sitzend schlagen, als daß du hier auf der Leiter stehst." Damit ging er aus dem Haus in die Kirche.

Eulenspiegel merkte sich die Rede, nahm den Schlagstock, stieg auf das Dach und schlug die Wolle auf dem Dache. Dessen wurde der Meister draußen auf der Gasse gewahr, kam sogleich zurückgelaufen und sprach: „Was, zum Teufel, machst du? Hör auf! Pflegt man die Wolle auf dem Dach zu schlagen?" Eulenspiegel sagte: „Was sagt Ihr jetzt? Ihr spracht doch vorhin, es sei besser auf dem Dach als auf der Leiter, denn das sei noch höher als die Balken!" Der Wollweber sprach: „Willst du Wolle schlagen, so schlage sie! Willst du Narretei treiben, so treibe sie! Steig von dem Dach und scheiß in die Darre." Damit ging der Wollweber in das Haus und in den Hof.

Eulenspiegel stieg eilig vom Dach, ging in das Haus in die Stube und schiß dort einen großen Haufen Dreck in die Darre. Der Wollweber kam aus dem Hof, sah, daß er in die Stube schiß, und sagte: „Daß dir nimmer Gutes geschehe! Du tust, wie alle Schälke zu tun pflegen." Eulenspiegel sprach: „Meister, ich tue doch nichts anderes, als was Ihr mich geheißen habt. Ihr sagtet, ich solle vom Dach steigen und in die Darre scheißen. Warum zürnt Ihr darum? Ich tue, wie Ihr mich heißer." Der Wollweber sagte: „Du schissest mir wohl auf den Kopf, auch ungeheißen. Nimm den Dreck und trag ihn an einen Ort, wo ihn niemand haben will!"

Eulenspiegel sagte ja, nahm den Dreck auf ein Stück Holz und trug ihn in die Speisekammer. Da sprach der Wollweber: „Laß ihn draußen, ich will ihn nicht darin haben!" Eulenspiegel sagte: „Daß weiß ich wohl, daß Ihr ihn da nicht haben wollt. Niemand will ihn da haben, aber ich tue, wie Ihr mich heißet." Der Wollweber wurde zornig, lief zum Stall und wollte Eulenspiegel ein Scheit Holz an den Kopf werfen. Da ging Eulenspiegel aus der Türe zum Haus hinaus und sagte: „Kann ich denn nirgends Dank verdienen?" Der Wollweber wollte nun das Holz mit dem Dreck rasch ergreifen, aber er besudelte sich die Finger. Da ließ er den Dreck fallen, lief zum Brunnen und wusch sich die Hände. Inzwischen ging Eulenspiegel hinweg.

Die 50. Historie sagt, wie Eulenspiegel sich bei einem Kürschner verdingte und bei ihm in der Stube furzte, damit ein Gestank den anderen vertriebe.

Einmal kam Eulenspiegel nach Aschersleben. Es war Wintersnot und teure Zeit. Er dachte: was willst du nun anfangen, um durch den Winter und die teure Zeit zu kommen? Es gab niemanden, der eines Gesellen bedurfte. Nur ein dort wohnender Kürschner wollte einen Gesellen annehmen, wenn einer von seinem Handwerk vorbeigewandert käme. Da dachte Eulenspiegel: was willst du tun? Es ist Winter und dazu teure Zeit; du mußt leiden, was du leiden kannst, und mußt es eben die ganze Winterzeit über aushalten. Und er verdingte sich bei dem Kürschner als Geselle.

Als er nun in der Werkstatt saß und Pelze nähen wollte, da war er des Geruches ungewohnt und sagte: „Pfui, pfui! Du bist so weiß wie Kreide und stinkst so übel wie Dreck!" Der Kürschner sagte: „Riechst du das nicht gern und setzt dich doch hierher? Daß es stinkt, das ist natürlich; es kommt von der Wolle, die das Schaf auf der Außenseite des Felles hat." Eulenspiegel schwieg und dachte: ein Übel pflegt das andere zu vertreiben. Und er ließ einen so übelriechenden Furz, daß sich der Meister und seine Frau die Nase zuhalten mußten. Der Kürschner sprach: „Was machst du? Willst du üble Fürze lassen, so geh aus der Stube in den Hof und furze, soviel du willst." Eulenspiegel sagte: „Das ist für einen Menschen viel natürlicher und gesünder als der Gestank von den Schaffellen." Der Kürschner sprach: „Das sei gesund oder nicht, willst du furzen, so geh in den Hof!" Eulenspiegel sagte: „Meister, das wäre vergeblich; alle Fürze wollen nicht gern in der Kälte sein, denn sie sind immer in der Wärme. Und um das zu beweisen: laßt einen Furz, er geht Euch gleich wieder in die Nase in die Wärme, aus der er gekommen ist."

Der Kürschner schwieg. Er merkte wohl, daß er genarrt wurde, und gedachte, Eulenspiegel nicht lange zu behalten. Dieser saß danach ruhig da, nähte, räusperte sich, spuckte aus und hustete die Haare aus dem Munde. Der Kürschner saß, sah ihn an und schwieg, bis sie abends gegessen hatten. Da sprach der Meister zu ihm: „Lieber Geselle, ich sehe wohl, daß du bei diesem Handwerk nicht gern bist. Mich dünkt, du seiest kein rechter Kürschnergeselle. Das merke ich an deinem Gebaren. Oder du bist nicht lange bei der Kürschnerei gewesen, denn du bist die Arbeit nicht gewohnt. Hättest du dabei auch nur vier Tage geschlafen, so ekeltest du dich nicht so darüber und fragtest auch nicht danach, und es wäre dir nicht so zuwider. Darum, mein lieber Geselle, hast du keine Lust, hier zu bleiben, so kannst du morgen dahin gehen, wo dein Pferd steht.“ Eulenspiegel sagte: „Lieber Meister, Ihr sprecht die Wahrheit, ich bin noch nicht lange dabei gewesen. Wenn Ihr mir nun gestatten wollt, vier Nächte bei den Pelzen zu schlafen, damit ich ihrer gewohnt werde, dann sollt Ihr sehen, was ich leisten kann.“ Damit war der Kürschner einverstanden, denn er bedurfte seiner, und Eulenspiegel konnte auch gut nähen.

Die 51. Historie sagt, wie Eulenspiegel bei einem Kürschner in trocknen und nassen Pelzen schlief, wie ihn der Kürschner geheißen hatte.

Der Kürschner ging fröhlich mit seiner Hausfrau zu Bett. Eulenspiegel nahm die zubereiteten Felle, die auf den Trockengestellen hingen – er nahm die trockenen Felle, die gegerbt waren, und die nassen – und trug sie auf dem Dachboden zusammen. Er kroch mitten hinein und schlief bis an den Morgen. Da stand der Meister auf und sah, daß die Felle von den Gestellen weg waren. Er lief hastig auf den Dachboden und wollte Eulenspiegel fragen, ob er nichts von den Fellen wüßte. Doch er fand Eulenspiegel nicht, sah aber, daß die trockenen und die nassen Pelze auf dem Dachboden ganz durcheinander auf einem großen Haufen lagen. Da wurde er sehr bekümmert und rief mit weinender Stimme die Magd und die Frau.

Von dem Rufen erwachte Eulenspiegel, fuhr aus den Pelzen empor und sagte: „Lieber Meister, was ist mit Euch, daß Ihr so heftig ruft?“ Der Kürschner verwunderte sich und wußte nicht, was in dem Haufen von Fellen und Pelzen war. Er sprach: „Wo bist du?“ Eulenspiegel sagte: „Hier bin ich.“ Der Meister sprach: „Daß dir nimmer Glück zuteil werde! Hast du mir die Pelze von den Gestellen genommen, die trocknen Felle und die nassen aus dem Kalk, sie hier zusammengelegt und verdirbst mir die einen mit den andern? Was ist das für ein Unsinn?“ Eulenspiegel sagte: „Warum, Meister, werdet Ihr darum böse? Ich habe doch nicht mehr als eine Nacht darin gelegen! Ihr würdet viel böser sein, wenn ich die ganzen vier Nächte darin geschlafen hätte, von denen Ihr gestern abend spracht, da ich des Handwerks nicht gewohnt sei.“ Der Kürschner sagte: „Du lügst wie ein böser Schalk! Ich habe dich nicht geheißen, mir die fertigen Pelze auf den Dachboden zu tragen, die nassen Felle aus der Beize zu holen, sie zusammenzulegen und darin zu schlafen!“ Und er suchte einen Knüttel und wollte ihn schlagen.

Derweilen eilte Eulenspiegel die Stiege herab und wollte zur Tür hinauslaufen. Aber die Frau und die Magd kamen vor die Treppe und wollten ihn festhalten. Da rief er ungestüm: „Laßt mich nach dem Arzt gehn, mein Meister hat ein Bein gebrochen!“ Also ließen sie ihn gehen. Sie liefen die Stiege hinauf, und der Meister kam die Stiege herunter, Eulenspiegel hastig nachlaufend. Er strauchelte und riß Frau und Magd im Fallen mit zu Boden, so daß sie alle drei beieinander lagen. Da lief Eulenspiegel zur Tür hinaus und ließ sie im Haus zusammen zurück.

Die 52. Historie sagt, wie Eulenspiegel in Berlin einem Kürschner Wölfe statt Wolfspelze machte.

Sehr schlaue und kluge Leute sind die Schwaben. Wo die zuerst hinkommen und kein Auskommen finden, da verdirbt ein anderer ganz. Doch sind etliche von ihnen mehr den Bierkrügen und dem Saufen zugeneigt als ihrer Arbeit. Deshalb liegen ihre Werkstätten oft wüst usw.

Einmal wohnte ein Kürschner in Berlin, der war in Schwaben geboren und in seinem Gewerbe sehr kunstreich. Er hatte auch gute Einfälle, war reich und unterhielt eine einträgliche Werkstatt. Denn er zählte zu seinem Kundenkreis den Fürsten des Landes, die Ritterschaft und viele gute Leute und Bürger. Nun begab es sich, daß der Fürst des Landes zur Winterszeit ein großes Turnier mit Rennen und Stechen abhalten wollte, wozu er seine Ritterschaft und andere Herren einlud. Da keiner als altmodisch gelten wollte, wurden zu dieser Zeit viele Wolfspelze bei dem genannten Kürschner bestellt.

Das bemerkte Eulenspiegel, kam zu dem Meister und bat ihn um Arbeit. Der Meister, der zu dieser Zeit des Gesindes bedurfte, war froh über sein Kommen und fragte ihn, ob er auch Wölfe machen könne. Eulenspiegel sagte ja, darin sei er nicht als der schlechteste im Sachsenland bekannt. Der Kürschner sprach: „Lieber Geselle, du kommst mir eben recht. Komm her, über den Lohn werden wir uns wohl einigen.“ Eulenspiegel sagte: „Ja, Meister, ich halte Euch für so redlich; Ihr sollt selbst den Lohn bestimmen, wenn Ihr meine Arbeit seht. Ich arbeite aber nicht bei den anderen Gesellen; ich muß allein sein, nur so kann ich meine Arbeit nach meinem Kopf und unbeirrt tun.“ Da gab ihm der Kürschner ein Stübchen und legte ihm viele Wolfshäute vor, die gehärt und zu Pelzen zugerichtet waren. Und er gab ihm die Maße von etlichen Pelzen, großen und kleinen. Da begann Eulenspiegel, sich mit den Wolfsfellen an die Arbeit zu machen. Er schnitt sie zu, machte aus allen Fellen nichts als Wölfe, füllte sie mit Heu und gab ihnen Beine von Stecken, als ob sie lebten.

Als er nun die Felle alle verschnitten und nur Wölfe daraus gemacht hatte, sprach er: „Meister, die Wölfe sind fertig. Ist noch mehr zu tun?“ Der Meister sagte: „Ja, mein Geselle, nähe Wölfe, so viel du nur immer kannst." Damit ging er hinaus in Eulenspiegels Stube. Da lagen die Wölfe auf der Erde, kleine und große. Die sah der Meister an und sagte: „Was soll das sein? Daß dich das Fieber schüttle! Was hast du mir für einen großen Schaden getan! Ich will dich einsperren und bestrafen lassen.“ Eulenspiegel sprach: „Meister, ist das mein Lohn und Dank? Ich habe das nach Euren eigenen Worten gemacht. Ihr hießet mich doch, Wölfe zu machen. Hättet Ihr gesagt: ›Mach mir Wolfspelze! ‹, so hätte ich das auch getan. Und hätte ich gewußt, daß ich nicht mehr Dank verdienen würde, ich hätte so großen Fleiß nicht darauf verwendet.“

Also schied Eulenspiegel von Berlin, ließ nirgends einen guten Ruf zurück und zog nach Leipzig.

Die 53. Historie sagt, wie Eulenspiegel in Leipzig den Kürschnern eine lebende Katze in ein Hasenfell nähte und sie in einem Sack als lebendigen Hasen verkaufte.

Eulenspiegel konnte sich schnell einen guten Streich ausdenken, was er den Kürschnern in Leipzig am Fastnachtsabend bewies, als sie zusammen ihr Zechgelage abhielten. Diesmal hätten sie gern Wildbret dazu gehabt. Das vernahm Eulenspiegel und dachte in seinem Sinn: der Kürschner in Berlin hat dir nichts für deine Arbeit gegeben; das sollen dir diese Kürschner bezahlen. Also ging er in seine Herberge. Dort hatte sein Wirt eine schöne, fette Katze. Diese nahm Eulenspiegel unter seinen Rock und bat den Koch um ein Hasenfell, er wolle damit einen hübschen Schelmenstreich ausführen. Der Koch gab ihm ein Hasenfell, darin nähte Eulenspiegel die Katze ein. Dann zog er Bauernkleider an, stellte sich vor das Rathaus und hielt sein Wildbret so lange unter der Joppe verborgen, bis einer der Kürschner daherkam. Den fragte Eulenspiegel, ob er nicht einen guten Hasen kaufen wolle und ließ ihn den Hasen unter der Joppe sehen. Da einigten sie sich, daß er ihm vier Silbergroschen für den Hasen gab und sechs Pfennige für den alten Sack, in dem der Hase steckte. Den trug der Kürschner in seines Zunftmeisters Haus, wo sie beieinander waren mit großem Lärmen und viel Fröhlichkeit, und sagte, daß er den schönsten lebendigen Hasen gekauft habe, den er seit Jahren gesehen habe. Alle betasteten ihn der Reihe nach. Da sie nun den Hasen erst zur Fastnacht haben wollten, ließen sie ihn in einem eingezäunten Grasgarten umherlaufen, holten Jagdhunde und wollten Kurzweil bei der Hasenjagd haben. Als nun die Kürschner zusammenkamen, ließen sie den Hasen los und die Hunde dem Hasen nachlaufen. Da der Hase nicht schnell laufen konnte, sprang er auf einen Baum, rief: „Miau!“ und wäre gern wieder zu Hause gewesen. Als das die Kürschner vernahmen, riefen sie ungestüm: „Kommt, kommt! Lauft schnell, ihr lieben, guten Zunftgenossen! Der uns mit der Katze geäfft hat: schlagt ihn tot!“

Dabei blieb es aber. Denn Eulenspiegel hatte seine Kleider ausgezogen und sich so verändert, daß sie ihn nicht erkannten.

Die 54. Historie sagt, wie Eulenspiegel in Braunschweig auf dem Damme einem Ledergerber Leder sott mit Stühlen und Bänken.

Als Eulenspiegel von Leipzig wegreiste, kam er nach Braunschweig zu einem Gerber, der Leder für die Schuhmacher gerbte. Es war Winterszeit, und Eulenspiegel dachte: du sollst es bei diesem Gerber diesen Winter aushalten. Und er verdingte sich bei dem Gerber als Geselle. Als er nun acht Tage bei dem Gerber gewesen war, da fügte es sich, daß der Gerber als Gast essen wollte. Eulenspiegel sollte an diesem Tag Leder gar machen. Da sagte der Gerber zu Eulenspiegel: „Siede den Zuber voll Leder gar!“ Eulenspiegel sprach: „Ja, was soll ich für Holz dazu nehmen?“ Der Gerber sagte: „Was soll diese Frage? Wenn ich kein Holz in den Holzstapeln hätte, so hätte ich wohl noch so viele Stühle und Bänke, womit du das Leder gar machen könntest.“ Eulenspiegel sagte ja, es sei gut.

Der Gerber ging zu Gast. Eulenspiegel hängte einen Kessel übers Feuer, steckte das Leder hinein, eine Haut nach der andern, und sott das Leder so gar, daß es unter den Fingern zerfiel. Während Eulenspiegel das Leder gar sott, zerschlug er alle Stühle und Bänke, die im Hause waren, steckte sie unter den Kessel und sott das Leder noch mehr. Als das geschehen war, nahm er das Leder aus dem Kessel und legte es auf einen Haufen. Dann ging er aus dem Hause vor die Stadt und wanderte hinweg.

Der Gerber dachte an nichts Böses, trank den ganzen Tag und ging des Abends trunken zu Bett. Am Morgen verlangte ihn zu wissen, wie sein Geselle das Leder gegerbt hatte. Er stand auf und ging in das Gerbhaus. Da fand er das Leder übergar gesotten und in Haus und Hof weder Bänke noch Stühle. Er wurde ganz verzweifelt, ging in die Kammer zu seiner Frau und sprach: „Frau, hier ist Schlimmes zu sehen! Ich glaube, unser Geselle ist Eulenspiegel gewesen, denn er pflegt alles das zu tun, was man ihn heißet. Er ist hinweg, hat aber alle unsere Stühle und Bänke ins Feuer geworfen und das Leder damit zersotten." Die Frau fing an zu weinen und sagte: „Folge ihm geschwind und eilig nach und hole ihn wieder zurück!“ Der Gerber sprach: „Nein, ich begehre seiner nicht wieder. Er bleibe nur aus, bis ich nach ihm schicke.“

Die 55. Historie sagt, wie Eulenspiegel in Lübeck den Weinzäpfer betrog, als er ihm eine Kanne Wasser für eine Kanne Wein gab.

Eulenspiegel sah sich klüglich vor, als er nach Lübeck kam, und verhielt sich gebührlich, damit er dort niemandem einen Streich spielte, denn es herrschte in Lübeck ein strenges Recht. Nun war zu der Zeit im Ratskeller in Lübeck ein Weinzäpfer, der war ein sehr hochmütiger und stolzer Mann. Ihn dünkte, niemand sei so klug wie er. Er war dreist genug, von sich selber zu sagen und von sich sagen zu lassen: ihn gelüste es, den Mann zu sehen, der ihn betrügen und in seiner Klugheit überlisten könne. Darum war er bei vielen Bürgern unbeliebt. Als nun Eulenspiegel von diesem Übermut des Weinzäpfers hörte, konnte er den Schalk nicht länger verbergen und dachte: das mußt du versuchen, was er kann. Und er nahm zwei Kannen, die beide gleich waren, und goß in eine Kanne Wasser und ließ die andere Kanne leer. Die Kanne, in der das Wasser war, trug er unter dem Rock verborgen, die leere trug er offen. Mit den Kannen ging er in den Weinkeller und ließ sich ein Maß Wein einmessen. Die Kanne mit dem Wein nahm er unter den Rock, zog die Kanne mit dem Wasser hervor und setzte sie auf die Zapfbank, ohne daß es der Weinzäpfer sah. Dann sprach er: „Weinzäpfer, was kostet das Maß Wein?“ Der Weinzäpfer sagte: „Zehn Pfennige.“ Eulenspiegel sprach: „Der Wein ist mir zu teuer, ich habe nicht mehr als sechs Pfennige, kann ich ihn dafür haben?“ Der Weinzäpfer wurde zornig und sagte: „Willst du meinen Ratsherren den Weinpreis vorschreiben? Das ist hier ein Kauf nach festgesetzten Preisen. Wem das nicht gefällt, der lasse den Wein im Ratskeller.“ Eulenspiegel sprach: „Das muß ich wohl lernen. Ich habe sechs Pfennige, wollt Ihr die nicht, so gießt den Wein wieder aus!“ Da nahm der Weinzäpfer in seinem Zorn die Kanne und meinte, es sei der Wein. Aber es war das Wasser, und er goß es oben zum Spundloch wieder hinein und sprach: „Was bist du für ein Tor! Lässest dir Wein einmessen und kannst ihn nicht bezahlen!“ Eulenspiegel nahm die Kanne, ging hinaus und sagte: „Ich sehe wohl, daß du ein Tor bist. Es ist niemand so klug, daß er nicht von Toren betrogen würde, auch wenn er ein Weinzäpfer ist.“ Und damit ging er hinweg. Die Kanne mit dem Wein trug er unter dem Mantel, und die leere Kanne, in der das Wasser gewesen war, trug er offen.

Die 56. Historie sagt, wie man Eulenspiegel in Lübeck henken wollte und wie er mit behender Schalkheit davonkam.

Lambrecht, der Weinzäpfer, dachte über die Worte nach, die Eulenspiegel sagte, als er den Keller verließ. Er ging hin, nahm sich einen Stadtwächter, lief Eulenspiegel nach und holte ihn auf der Straße ein. Der Büttel griff ihn an, und sie fanden die zwei Kannen bei ihm, die leere Kanne und die Kanne, worin der Wein war. Da klagten sie ihn als einen Dieb an und führten ihn in das Gefängnis.

Etliche meinten, er habe den Galgen verdient; etliche sprachen, es sei nicht mehr als ein ausgeklügelter Streich, und sie meinten, der Weinzäpfer hätte sich vorsehen sollen, denn er habe ja gesagt, daß ihn niemand betrügen könne. Eulenspiegel habe das nur getan wegen der großen Vermessenheit des Weinzäpfers. Aber diejenigen, die Eulenspiegel nicht leiden konnten, sprachen, es sei Diebstahl, er müsse deshalb hängen. So wurde über ihn das Urteil gesprochen: Tod durch den Galgen.

Als der Tag der Urteilsvollstreckung kam und man Eulenspiegel vor die Stadt führen und henken sollte, da entstand eine lärmende Unruhe über die ganze Stadt. Jedermann war zu Roß oder zu Fuß auf der Straße. Der Rat von Lübeck befürchtete, daß er um Freigabe des Gefangenen gebeten und veranlaßt werde, Eulenspiegel nicht henken zu lassen. Etliche wollten sehen, was für ein Ende er nähme, nachdem er ein so abenteuerlicher Mensch gewesen war. Andere meinten, er verstünde etwas von der schwarzen Kunst und würde sich damit befreien. Aber der größte Teil gönnte ihm, daß er frei würde.

Während der Ausfahrt vor die Stadt war Eulenspiegel ganz still und sprach kein Wort, so daß sich jedermann über ihn wunderte und meinte, er sei verzweifelt. Das dauerte bis an den Galgen. Da tat er den Mund auf, rief den ganzen Rat zu sich und bat ihn demütig, ihm eine Bitte zu gewähren. Er wolle weder um Leib noch um Leben bitten noch um Geld oder Gut; weder um sonst eine Wohltat, noch um ewige Messen, ewige Spenden oder ewiges Gedenken; sondern nur um eine geringe Sache, die ohne Schaden zu tun sei und die der ehrbare Rat von Lübeck leichtlich tun könne ohne einen Pfennig Kosten. Die Ratsherren traten zusammen und gingen zur Seite, um darüber Rat zu halten. Und sie einigten sich, ihm seine Bitte zu gewähren, nachdem er vorher ausdrücklich gesagt hatte, worum er nicht bitten wolle. Manche von ihnen verlangte es sehr zu erfahren, um was er bitten würde. Sie sprachen zu ihm: seine Bitte solle erfüllt werden, sofern er nichts von den Dingen erbäte, die er ausgenommen habe. Wenn er damit einverstanden sei, so wollten sie ihm seine Bitte gewähren.

Eulenspiegel sprach: „Um die Dinge, die ich vorhin aufgezählt habe, will ich Euch nicht bitten. Wollt Ihr mir aber das halten, worum ich Euch bitte, so bestätigt mir das durch Handschlag!" Das taten sie alle zusammen und gelobten ihm das mit Hand und Mund.

Da sprach Eulenspiegel: „Ihr ehrbaren Herren von Lübeck! Ihr habt es mir gelobt, und ich bitte um dies: Wenn ich gehenkt worden bin, sollen der Weinzäpfer und der Henker drei Tage lang jeden Morgen kommen, und zwar der Weinschenk zuerst und der Henker danach, und mich nüchtern küssen mit dem Mund in den Arsch." Da spuckten sie aus und sagten, das sei keine geziemende Bitte. Eulenspiegel sprach: „Ich halte den ehrbaren Rat von Lübeck für so redlich, daß er hält, was er mir zugesagt hat mit Hand und Mund." Sie gingen alle darüber nochmals zu Rat, und aus Gnade und aus anderen zu seinen Gunsten sprechenden Gründen wurde beschlossen, ihn laufen zu lassen.

Also reiste Eulenspiegel von dannen nach Helmstedt, und man sah ihn nicht wieder in Lübeck.

Die 57. Historie sagt, wie Eulenspiegel in Helmstedt eine große Tasche machen ließ.

Mit einer Tasche richtete Eulenspiegel eine weitere Schalkheit an. In Helmstedt wohnte ein Taschenmacher. Zu dem kam Eulenspiegel und fragte, ob er ihm eine große, hübsche Tasche machen wolle. Der Taschenmacher sprach: „Ja, wie groß soll sie sein?“ Eulenspiegel sagte, er möchte sie groß genug haben. Denn zu der Zeit trug man große Taschen, die breit und weit waren. Der Taschenmacher machte Eulenspiegel eine große Tasche. Als er kam und sich die Tasche ansah, sprach er: „Die Tasche ist nicht groß genug. Das ist ein Täschlein. Macht mir eine, die groß genug ist, ich will sie Euch gut bezahlen.“ Der Taschenmacher fertigte ihm eine Tasche von einer ganzen Kuhhaut an und machte sie so groß, daß man wohl ein einjähriges Kalb hätte hineinstecken können, so daß ein Mann daran zu tragen hatte.

Als Eulenspiegel dazukam, gefiel ihm die Tasche wiederum nicht, und er sprach, die Tasche sei nicht groß genug. Wolle er aber eine Tasche machen, die ihm groß genug sei, so wolle er ihm zwei Gulden als Anzahlung geben. Der Taschenmacher nahm die zwei Gulden und machte ihm eine Tasche, zu der er drei Ochsenhäute nahm, so daß drei Mann vollauf zu tun hatten, sie auf einem Tragegestell zu tragen; man hätte wohl einen Scheffel Korn hineinschütten können.

Als Eulenspiegel kam, sprach er: „Meister, diese Tasche ist groß genug; aber die große Tasche, die ich meine, das ist diese Tasche doch nicht. Ich will sie auch nicht haben, sie ist im Grunde noch zu klein. Wenn Ihr mir die große Tasche machen wolltet, aus der ich immer einen Pfennig herausnehmen kann und zwei bleiben stets darin liegen, so daß ich niemals ohne Geld wäre und nie an den Boden der Tasche greifen kann: die würde ich Euch abkaufen und bezahlen. Die Taschen, die Ihr mir gemacht habt, das sind leere Taschen, die nutzen mir nichts. Ich muß volle Taschen haben, anders kann ich nicht zu den Leuten kommen.“

Damit ging er hin, ließ dem Taschenmacher seine Taschen und sprach: „Meine Anzahlung für den Kauf kannst du behalten.“ Und er ließ ihm die zwei Gulden; der Taschenmacher hatte aber wohl für zehn Gulden Leder verschnitten.

Die 58. Historie sagt, wie Eulenspiegel in Erfurt einen Metzger um einen Braten betrog.

Eulenspiegel konnte seine Schalkheit nicht lassen, als er nach Erfurt kam, wo er bald mit Bürgern und Studenten bekannt wurde.

Einmal ging er zu den Fleischbänken, wo das Fleisch feilgeboten wurde. Da sprach ein Metzger ihn an, ob er nicht etwas kaufen wolle, das er mit sich nach Hause trüge. Eulenspiegel sagte zu ihm: „Was soll ich mit mir nehmen?" Der Metzger sprach: „Einen Braten." Eulenspiegel sagte ja, nahm einen Braten bei einem Ende und ging damit davon. Der Metzger lief ihm nach und sprach zu ihm: „Nein, nicht so! Du mußt den Braten bezahlen!" Eulenspiegel sprach: „Von einer Bezahlung habt Ihr mir nichts gesagt, sondern Ihr sagtet, ob ich nicht etwas mit mir nehmen wolle." Der Metzger habe auf den Braten gewiesen, damit er den mit sich nach Hause nehmen solle. Das wolle er mit des Metzgers Nachbarn beweisen, die dabeistanden.

Die andern Metzger kamen dazu und sagten aus Haß, daß es wahr sei. Denn die andern waren dem Metzger feindlich gesonnen. Wenn jemand nämlich zu ihnen kam und etwas kaufen wollte, rief er die Leute zu sich und zog sie damit von ihnen ab. Darum stimmten sie zu, daß Eulenspiegel den Braten behielte. Während der Metzger also zankte, nahm Eulenspiegel den Braten unter den Rock, ging damit hinweg und ließ sie sich darüber einigen, so gut sie konnten.

Die 59. Historie sagt, wie Eulenspiegel in Erfurt einen Metzger noch einmal um einen Braten betrog.

Nach acht Tagen kam Eulenspiegel wieder zu den Fleischbänken. Da sprach derselbe Metzger Eulenspiegel mit Spottreden an: „Komm wieder her und hol dir einen Braten!“ Eulenspiegel sagte ja und wollte nach dem Braten greifen. Da war der Metzger flink und nahm den Braten schnell an sich. Eulenspiegel sagte: „Warte, laß den Braten liegen, ich will ihn bezahlen.“ Der Metzger legte den Braten wieder auf die Bank.

Da sprach Eulenspiegel zu ihm: „Wenn ich dir ein Wort sage, das dir von Nutzen ist, soll dann der Braten mein sein?“ Der Metzger sagte: „Du könntest mir solche Worte sagen, die mir nichts nützen. Du könntest mir aber auch Worte sagen, die mir von Nutzen sind, und dabei den Braten hinwegnehmen.“ Eulenspiegel sprach: „Ich will den Braten nicht anrühren, wenn dir meine Worte nicht gefallen.“ Und er sagte weiter: „Ich spreche jetzt dies: ›Wohlauf, her, mein Säckel, und bezahle die Leute! ‹ Wie gefällt dir das? Gefällt dir das etwa nicht?“ Da sagte der Metzger: „Die Worte gefallen mir wohl, sie behagen mir sehr.“ Da sprach Eulenspiegel zu denen, die umherstanden: „Liebe Freunde, das hörtet ihr wohl, also ist der Braten mein.“

Eulenspiegel nahm den Braten, ging damit hinweg und sagte spöttisch zu dem Metzger: „Nun habe ich mir wieder einen Braten geholt, wie du mich ansprachst.“ Der Metzger stand da und wußte nicht, was er darauf antworten sollte. Zweimal war er genarrt worden und hatte zu seinem Schaden den Spott seiner Nachbarn, die bei ihm standen und über ihn lachten.

Die 60. Historie sagt, wie Eulenspiegel in Dresden ein Schreinerknecht wurde und nicht viel Dank verdiente.

Alsbald zog Eulenspiegel aus dem Lande Hessen nach Dresden vor dem Böhmerwald an der Elbe und gab sich als Schreinergeselle aus. Dort nahm ihn ein Schreiner auf, der einen Gesellen zur Aushilfe benötigte. Denn seine Gesellen hatten ausgedient und waren auf Wanderschaft gegangen.

Nun fand in der Stadt eine Hochzeit statt; zu der war der Schreiner eingeladen. Da sprach der Schreiner zu Eulenspiegel: „Lieber Geselle, ich muß zur Hochzeit gehn und werde heute bei Tage nicht mehr wiederkommen. Sei tüchtig, arbeite fleißig und bringe die vier Bretter für den Schreibtisch auf das genaueste zusammen in den Leim.“ Eulenspiegel sagte: „ja, welche Bretter gehören zusammen?“ Der Meister legte ihm die Bretter aufeinander, die zusammengehörten, und ging mit seiner Frau zur Hochzeit.

Der brave Geselle Eulenspiegel, der sich allezeit mehr befleißigte, seine Arbeit verkehrt zu tun, als richtig, fing an und durchbohrte die schön gemaserten Tischbretter, die ihm sein Meister aufeinandergelegt hatte, an drei oder vier Enden. Dann schlug er Holzpflöcke hindurch und verband sie so miteinander. Danach siedete er Leim in einem großen Kessel und steckte die Bretter da hinein. Schließlich trug er sie oben ins Haus, legte sie dort ans offene Fenster, damit der Leim an der Sonne trocknete, und machte zeitig Feierabend.

Abends kam der Meister von der Hochzeit, hatte viel getrunken und fragte Eulenspiegel, was er den Tag über gearbeitet habe. Eulenspiegel sagte: „Lieber Meister, ich habe die vier Tischbretter auf das genaueste zusammen in den Leim gebracht und zu einer guten Zeit Feierabend gemacht.“ Das gefiel dem Meister wohl, und er sagte zu seiner Frau: „Das ist ein rechter Geselle, behandle ihn gut, den will ich lange behalten.“ Und damit gingen sie schlafen.

Am nächsten Morgen, als der Meister aufgestanden war, hieß er Eulenspiegel den Tisch bringen, den er fertig gemacht habe. Da kam Eulenspiegel mit seiner Arbeit vom Dachboden herunter. Als der Meister sah, daß ihm der Schalk die Bretter verdorben hatte, sprach er: „Geselle, hast du auch das Schreinerhandwerk gelernt?“ Eulenspiegel antwortete, warum er danach frage. „Ich frage darum, weil du mir so gute Bretter verdorben hast.“ Eulenspiegel sagte: „Lieber Meister, ich habe getan, wie Ihr mich hießet. Ist es verdorben, dann ist das Eure Schuld.“ Der Meister wurde zornig und sprach: „Du bist ein Schalksnarr, darum hebe dich hinweg aus meiner Werkstatt; ich habe von deiner Arbeit keinen Nutzen.“ Also schied Eulenspiegel von dannen und verdiente keinen großen Dank, obwohl er alles das tat, was man ihn hieß.

Die 61. Historie sagt, wie sich Eulenspiegel in Braunschweig bei einem Brotbäcker als Bäckergeselle verdingte und wie er Eulen und Meerkatzen backte.

Als Eulenspiegel wieder nach Braunschweig in die Bäckerherberge kam, wohnte nahe dabei ein Bäcker. Der rief ihn in sein Haus und fragte ihn, was er für ein Geselle sei. Er sprach: „Ich bin ein Bäckergeselle.“ Der Brotbäcker sagte: „Ich habe eben keinen Gesellen. Willst du mir dienen?“ Eulenspiegel sagte: „Ja.“

Als er nun zwei Tage bei ihm gewesen war, hieß ihn der Bäcker, am Abend zu backen, denn er konnte ihm bis zum Morgen nicht helfen. Eulenspiegel sprach: „Ja, was soll ich denn backen?“ Der Bäcker war ein leicht erregbarer Mann, er wurde zornig und sagte im Spott: „Bist du ein Bäckergeselle und fragst erst, was du backen sollst? Was pflegt man denn zu backen? Eulen oder Meerkatzen!“ Und damit legte er sich schlafen.

Da ging Eulenspiegel in die Backstube und machte aus dem Teig nichts als Eulen und Meerkatzen, die ganze Backstube voll, und backte sie.

Der Meister stand des Morgens auf und wollte ihm helfen. Doch als er in die Backstube kam, fand er weder Wecken noch Semmeln, sondern lauter Eulen und Meerkatzen. Da wurde der Meister zornig und sprach: „Daß dich das jähe Fieber packe! Was hast du da gebacken?“ Eulenspiegel sagte: „Was Ihr mich geheißen habt, Eulen und Meerkatzen.“ Der Bäcker sprach: „Was soll ich nun mit dem Narrenzeug tun? Solches Brot ist mir zu nichts nütze. Ich kann das nicht zu Geld machen." Und er ergriff Eulenspiegel beim Hals und sagte: „Bezahl mir meinen Teig!" Eulenspiegel sprach: „Ja, wenn ich Euch den Teig bezahle, soll dann die Ware mein sein, die davon gebacken ist?" Der Meister sagte: „Was frage ich nach solcher Ware! Eulen und Meerkatzen kann ich nicht gebrauchen in meinem Laden."

Also bezahlte Eulenspiegel dem Bäcker seinen Teig, packte die gebackenen Eulen und Meerkatzen in einen Korb und trug sie aus dem Haus in die Herberge „Zum Wilden Mann". Und Eulenspiegel dachte bei sich selbst: Du hast oft gehört, man könnte keine so seltsamen Dinge nach Braunschweig bringen, daß man nicht Geld daraus löste. Und es war am Vortage des Sankt-Nikolaus-Abends. Da stellte sich Eulenspiegel mit seiner Ware vor die Kirche, verkaufte alle Eulen und Meerkatzen und löste viel mehr Geld daraus, als er dem Bäcker für den Teig gegeben hatte.

Das wurde dem Bäcker kundgetan. Den verdroß das sehr, und er lief vor die Sankt-Nikolaus-Kirche und wollte von Eulenspiegel auch die Kosten für das Holz und für das Backen verlangen. Aber da war Eulenspiegel gerade hinweg mit seinem Geld, und der Bäcker hatte das Nachsehen.

Die 62. Historie sagt, wie Eulenspiegel im Mondschein das Mehl in den Hof beutelte.

Eulenspiegel wanderte im Land umher, kam in das Dorf Uelzen und wurde dort wieder ein Bäckergeselle. Als er nun im Hause eines Meisters war, da richtete der Meister alles her, um zu backen. Eulenspiegel sollte das Mehl in der Nacht beuteln, damit es am Morgen früh fertig wäre. Eulenspiegel sprach: „Meister, Ihr solltet mir ein Licht geben, damit ich beim Beuteln sehen kann." Der Bäcker sagte zu ihm: „Ich gebe dir kein Licht. Ich habe meinen Gesellen zu dieser Zeit nie ein Licht gegeben. Sie mußten im Mondschein beuteln; also mußt du es auch tun." Eulenspiegel sprach: „Haben sie bei Mondschein gebeutelt, so will ich es auch tun." Der Meister ging zu Bett und wollte ein paar Stunden schlafen.

Derweilen nahm Eulenspiegel den Beutel, hielt ihn zum Fenster hinaus und siebte das Mehl in den Hof, wohin der Mond schien, immer dem Scheine nach. Als der Bäcker des Morgens früh aufstand und backen wollte, stand Eulenspiegel immer noch da und beutelte. Da sah der Bäcker, daß Eulenspiegel das Mehl in den Hof siebte, der vom Mehl auf der Erde ganz weiß war. Da sprach der Meister: „Was, zum Teufel, machst du hier? Hat das Mehl nicht mehr gekostet, als daß du es in den Dreck beutelst?" Eulenspiegel antwortete: „Habt Ihr es mich nicht geheißen, in dem Mondschein zu sieben ohne Licht? Also habe ich getan." Der Brotbäcker sprach: „Ich hieß dich, du solltest beuteln bei dem Mondschein." Eulenspiegel sagte: „Wohlan, Meister, seid nur zufrieden, es ist beides geschehen: in und bei dem Mondschein. Und da ist auch nicht mehr verloren als eine Handvoll. Ich will das bald wieder aufraffen, das schadet dem Mehl nur ganz wenig." Der Brotbäcker sprach: „Während du das Mehl aufraffst, kann man keinen Teig machen. So wird es zu spät zum Backen." Eulenspiegel sagte: „Mein Meister, ich weiß guten Rat. Wir werden so schnell backen wie unser Nachbar. Sein Teig liegt im Backtrog. Wollt Ihr den haben, so will ich ihn sogleich holen und unser Mehl an dieselbe Stelle tragen."

Der Meister wurde zornig und sprach: „Du wirst den Teufel holen! Geh an den Galgen, du Schalk, und hole den Dieb herein, aber laß mir des Nachbarn Teig liegen!" „Ja", sprach Eulenspiegel und ging aus dem Haus an den Galgen. Da lag der Leichnam von einem Diebe, der war herabgefallen. Er nahm ihn auf die Schulter, trug ihn in seines Meisters Haus und sagte: „Hier bringe ich, was am Galgen lag. Wozu wollt Ihr das haben? Ich wüßte nicht, wozu es gut wäre." Der Bäcker sprach: „Bringst du sonst nichts mehr?" Eulenspiegel antwortete: „Wäre mehr dagewesen, hätte ich Euch mehr gebracht. Aber es war nicht mehr da." Der Bäcker wurde böse und sprach voller Zorn: „Du hast das Gericht des Rats bestohlen und seinen Galgen beraubt. Ich werde das vor den Bürgermeister bringen, das sollst du sehen!" Und der Bäcker ging aus dem Hause auf den Markt, und Eulenspiegel ging ihm nach. Der Bäcker hatte es so eilig, daß er sich nicht umsah und auch nicht wußte, daß

Eulenspiegel ihm nachging. Der Bürgermeister stand auf dem Markt. Da ging der Bäcker zu ihm und fing an, sich zu beschweren. Eulenspiegel war behende: sobald sein Meister, der Bäcker, anfing zu reden, stand Eulenspiegel dicht neben ihm und riß seine beiden Augen weit auf. Als der Bäcker Eulenspiegel sah, wurde er so wütend, daß er vergaß, worüber er sich beklagen wollte, und sprach ergrimmt zu Eulenspiegel: „Was willst du?" Eulenspiegel antwortete: „Ich will nur Eure Worte erfüllen: Ihr sagtet, ich sollte sehen, daß Ihr mich vor dem Bürgermeister verklagen würdet. Wenn ich das nun sehen soll, so muß ich die Augen nahe heranbringen, damit ich es auch sehen kann." Der Bäcker sprach zu ihm: „Geh mir aus den Augen, du bist ein Schalk!" Eulenspiegel sagte: „So wurde ich schon oft genannt. Aber säße ich Euch in den Augen, so müßte ich Euch aus den Nasenlöchern kriechen, wenn Ihr die Augen zumacht."

Da ging der Bürgermeister von ihnen fort und ließ sie beide stehen. Denn er hörte wohl, daß es alles Torheit war. Als Eulenspiegel das sah, lief er zurück und sprach: „Meister, wann wollen wir backen? Die Sonne scheint nicht mehr." Und er ging hinweg und ließ den Bäcker stehn.

Die 63. Historie sagt, wie Eulenspiegel in Wismar ein Pferdehändler wurde, und ein Kaufmann Eulenspiegels Pferd den Schwanz auszog.

Eine listige Schalkheit tat Eulenspiegel in Wismar an der See einem Pferdekaufmann an. Denn dahin kam allezeit ein Pferdehändler, der kaufte kein Pferd, ohne daß er darum feilschte und dann das Pferd beim Schwanz zog. Das tat er auch bei den Pferden, die er nicht kaufte. Beim Ziehen wollte er merken, ob das Roß lange leben würde, und er merkte es angeblich daran: stand dem Pferd das lange Haar locker im Schweif, so kaufte er es nicht, weil er glaubte, daß es nicht lange leben würde; stand dem Pferd aber das Haar fest im Schwanz, so kaufte er es, denn er hatte den gewissen Glauben, daß es lange leben und von harter Natur sein würde. Dies war in der ganzen Stadt Wismar allgemeine Meinung, so daß sich jedermann danach richtete.

Das bekam Eulenspiegel zu wissen, und er dachte: dem mußt du eine Schalkheit tun, sei es, was es wolle, damit der Irrtum aus dem Volk kommt. Nun verstand Eulenspiegel ein wenig von der schwarzen Kunst. Er nahm ein Pferd und richtete es mit der schwarzen Kunst so her, wie er es haben wollte. Damit zog er zu Markte und bot das Pferd den Leuten teuer an, damit sie es ihm nicht abkauften. Das tat er so lange, bis der Kaufmann kam, der die Pferde beim Schwanz zog. Dem bot er das Pferd billig an. Der Kaufmann sah wohl, daß das Pferd schön und das Geld wert war, und er ging hinzu und wollte es fest am Schwanz ziehen. Aber Eulenspiegel hatte das so hergerichtet: sobald der Kaufmann das Roß am Schweif zog, behielt er ihn in der Hand; das sah dann so aus, als ob er dem Pferd den Schwanz ausgezogen habe. Der Pferdehändler stand und wurde kleinlaut, aber Eulenspiegel rief: „Schande über diesen Bösewicht! Seht, liebe Bürger, wie er mir mein Pferd verunstaltet und verdorben hat!“ Die Bürger kamen hinzu und sahen, daß der Kaufmann den Pferdeschweif in der Hand hatte. Das Pferd hatte keinen Schwanz mehr, und der Kaufmann fürchtete sich sehr.

Da mischten sich die Bürger ein und erreichten, daß der Pferdehändler Eulenspiegel zehn Gulden gab und dieser sein Pferd behielt. Und Eulenspiegel zog mit seinem Roß hinweg und setzte ihm den Schweif wieder an.

Der Kaufmann aber zog von dieser Zeit an kein Pferd mehr beim Schwanze.

Die 64. Historie sagt, wie Eulenspiegel in Lüneburg einem Pfeifendreher eine große Schalkheit antat.

In Lüneburg wohnte ein Pfeifendreher, der ein Landfahrer gewesen und mit dem Zauberstab umhergezogen war. Er saß beim Bier mit zahlreicher Gesellschaft, als Eulenspiegel zu dem Gelage kam.

Da lud der Pfeifendreher Eulenspiegel zu Gast in der Absicht, ihn zum besten zu haben, und sagte zu ihm: „Komm morgen zu Mittag und iß mit mir, wenn du kannst!“ Eulenspiegel sagte ja und dachte sich nichts bei dem Wort. Er kam am andern Tage und wollte als Gast zu dem Pfeifenmacher gehen. Als er vor die Tür kam, war sie oben und unten zugesperrt, und auch alle Fenster waren geschlossen. Eulenspiegel ging vor der Tür zwei- oder dreimal hin und her, so lange, bis es Nachmittag wurde, aber das Haus blieb zu. Da merkte er wohl, daß er betrogen worden war. Er ließ die Sache auf sich beruhen und schwieg still bis zum nächsten Tag.

Da kam Eulenspiegel zu dem Pfeifendreher auf den Markt und sprach zu ihm: „Seht, lieber Mann, wenn Ihr Gäste ladet, pflegt Ihr dann selber auszugehen und die Tür oben und unten zu schließen?“ Der Pfeifenmacher sprach: „Hörtest du nicht, wie ich dich bat? Ich sagte: komm morgen zu Mittag und iß mit mir, wenn du kannst! Nun fandest du die Tür zugesperrt, da konntest du nicht hineinkommen.“ Eulenspiegel sagte: „Habt Dank dafür, das wußte ich noch nicht, ich lerne noch alle Tage.“

Der Pfeifenmacher lachte und sprach: „Ich will es mit dir nicht übertreiben. Geh nun hin, meine Tür steht offen! Du findest Gesottenes und Gebratenes beim Feuer. Geh schon vor, ich komme dir nach! Du sollst allein sein, ich will keinen Gast außer dir haben.“

Eulenspiegel dachte: Das wird gut. Und er ging schnell zu des Pfeifenmachers Haus und fand es so, wie dieser ihm gesagt hatte. Die Magd wendete den Braten, und die Frau ging umher und richtete an. Als Eulenspiegel ins Haus kam, sagte er zu der Frau, sie solle eilends mit ihrer Magd zu ihrem Mann kommen. Dem sei ein großer Fisch geschenkt worden, ein Stör, den sollten sie ihm heimtragen helfen. Er wolle solange den Braten wenden. Die Frau sagte: „Ja, lieber Eulenspiegel, tut das, ich will mit der Magd gehen und schnell wiederkommen.“ Eulenspiegel sprach: „Geht nur rasch!“

Die Frau und die Magd eilten zum Markt. Der Pfeifendreher traf sie unterwegs und fragte sie, was sie zu laufen hätten. Sie sprachen, Eulenspiegel sei in das Haus gekommen und habe gesagt, dem Hausherrn sei ein großer Stör geschenkt worden, den sollten sie heimtragen helfen. Der Pfeifenmacher wurde zornig und sprach zu der Frau: „Konntest du nicht im Hause bleiben? Er hat das nicht umsonst getan, dahinter steckt eine Schalkheit."

Inzwischen hatte Eulenspiegel das Haus oben und unten zugeschlossen, ebenso alle Fenster. Als der Pfeifendreher mit seiner Frau und der Magd vor das Haus kamen, fanden sie die Türe zu. Da sprach er zu seiner Frau: „Nun siehst du wohl, was für einen Stör du holen solltest!" Und sie klopften an die Tür. Eulenspiegel ging an die Tür und sagte: „Lasset Euer Klopfen, ich lasse niemanden ein! Der Hausherr hat mir befohlen und zugesagt, ich solle allein hierinnen sein, er wolle keinen andern Gast haben als mich. Geht nur weg und kommt nach dem Essen wieder!" Der Pfeifenmacher sprach: „Das ist wahr, ich sagte es, aber ich meinte es nicht so. Nun laßt ihn essen, ich will es ihm mit einer anderen Schalkheit vergelten." Und er ging mit der Frau und der Magd in das Haus des Nachbarn und wartete so lange, bis Eulenspiegel fertig war.

Eulenspiegel kochte das Essen gar, setzte es auf den Tisch, aß kräftig und füllte sich wieder nach, solange es ihm gut dünkte. Dann machte er die Tür auf und ließ sie offen stehen. Der Pfeifendreher kam mit seiner Frau und seiner Magd und sprach: „Das pflegen keine redlichen Leute zu tun, daß ein Gast vor dem Wirt die Tür abschließt, der ihn eingeladen hat." Da sagte Eulenspiegel: „Sollte ich das zu zweit tun, was ich allein machen sollte? Würde ich allein zu Gast gebeten und brächte ich dann noch mehr Gäste mit, das würde dem Hauswirt nicht gefallen." Mit diesen Worten ging er aus dem Haus. Der Pfeifenmacher sah ihm nach: „Nun, ich zahle es dir wieder heim, wie schalkhaftig du auch bist." Eulenspiegel sprach: „Wer es am besten kann, der sei der Meister."

Da ging der Pfeifendreher alsbald zum Abdecker und sagte, in der Herberge sei ein redlicher Mann, der heiße Eulenspiegel. Dem sei ein Pferd gestorben, das solle er abholen; und er zeigte ihm das Haus. Der Abdecker sah, daß es der ihm bekannte Pfeifenmacher war, und er sagte ja, er wolle das tun. Er fuhr mit dem Schinderkarren vor die Herberge, die ihm der Pfeifendreher gezeigt hatte, und fragte nach Eulenspiegel. Dieser kam vor die Tür und fragte, was er wolle. Der Abdecker antwortete, der Pfeifenmacher sei bei ihm gewesen und habe ihm gesagt, daß Eulenspiegel ein Pferd gestorben sei; das solle er abholen. Und ob er Eulenspiegel heiße und ob sich das also verhalte?

Eulenspiegel kehrte sich um, zog seine Hosen herunter und riß den Arsch auf: „Sieh her und sag dem Pfeifendreher: wenn Eulenspiegel nicht in dieser Gasse sitzt, so weiß ich nicht, in welcher Straße er sonst ist." Der Abdecker wurde zornig, fluchte und fuhr mit dem Schinderkarren vor des Pfeifenmachers Haus. Da ließ er den Karren stehn und verklagte ihn vor dem Rat, so daß der Pfeifendreher dem Abdecker zehn Gulden geben mußte.

Eulenspiegel aber sattelte sein Pferd und ritt aus der Stadt.

Die 65. Historie sagt, wie Eulenspiegel von einer alten Bäuerin verspottet wurde, als er seine Tasche verloren hatte.

Vor alten Zeiten wohnte zu Gerdau im Lande Lüneburg ein Paar alter Leute, die an die 50 Jahre im ehelichen Stand miteinander gelebt hatten. Sie hatten schon große Kinder, die versorgt und verheiratet waren. Nun war dort zu der Zeit auf der Pfarrstelle ein ganz schlauer Pfaffe, der allzeit gern dabei war, wo man praßte und schlemmte. Dieser Pfaffe machte es mit seinen Pfarrkindern so: wenigstens einmal im Jahr mußte ihn jeder Bauer zu Gast haben und ihn samt seiner Magd einen Tag oder zwei verpflegen und aufs beste bewirten.

Nun hatten die zwei alten Leute viele Jahre lang keine Kirchweih, Kindtaufe oder eine sonstige Gasterei abgehalten, auf der der Pfaffe schlemmen konnte. Das verdroß ihn, und er dachte darüber nach, wie er den Bauern dazu brächte, daß er ihm eine Einladung schicke. Er sandte ihm einen Boten und ließ ihn fragen, wie lange er mit seiner Frau im ehelichen Stande gelebt habe. Der Bauer antwortete dem Pfarrer: „Lieber Herr Pfarrer, das ist so lange, daß ich es vergessen habe." Darauf antwortete der Pfarrer: „Das ist ein gefährlicher Zustand für euer

Seelenheil. Wenn ihr 50 Jahre beieinander gewesen seid, so ist das Ehegelöbnis erloschen, wie das Gelübde eines Mönches in einem Kloster. Besprich das mit deiner Frau, komm dann zu mir und berichte mir über die Dinge, damit ich euch raten helfe zu eurer Seelen Seligkeit, wozu ich euch und allen meinen Pfarrkindern verpflichtet bin."

Der Bauer tat dies und überlegte das mit seiner Frau, aber er konnte doch dem Pfarrer nicht genau die Zahl der Jahre ihres ehelichen Standes anzeigen. Sie kamen beide in großer Sorge zum Pfarrer, damit er ihnen in ihrer unwürdigen Lage einen guten Rat gäbe. Der Pfarrer sagte: „Da ihr keine genaue Zahl wißt, so will ich euch aus Sorge um eure Seelen am nächsten Sonntag aufs neue zusammengeben, damit ihr, falls ihr nicht mehr im ehelichen Stande seid, wieder hineinkommt. Und deshalb schlachtet einen guten Ochsen, ein Schaf und ein Schwein, bitte deine Kinder und guten Freunde zu deinem Mahl und bewirte sie gut; ich will dann auch bei dir sein." „Ach ja, lieber Pfarrer, tut also! Es soll mir an einem Schock Hühner nicht liegen. Sollten wir so lange ehelich beieinander gewesen sein und jetzt außerhalb des ehelichen Standes leben, das wäre nicht gut."

Damit ging der Bauer nach Hause und begann mit den Vorbereitungen. Der Pfarrer lud zu dem Fest etliche Prälaten und Pfaffen ein, mit denen er bekannt war. Unter ihnen war auch der Probst von Ebstorf, der allezeit ein gutes Pferd oder sogar zwei Pferde hatte und auch gerne beim Essen dabei war. Bei dem war Eulenspiegel eine Zeitlang gewesen, und der Probst sprach zu ihm: „Steige auf meinen jungen Hengst und reite mit, du sollst willkommen sein!" Das tat Eulenspiegel. Als sie ankamen, aßen und tranken sie und waren fröhlich. Die alte Frau, die die Braut sein sollte, saß oben am Tisch, wo die Bräute zu sitzen pflegen. Als sie müde und abgespannt wurde, ließ man sie hinaus. Sie ging hinter ihren Hof an das Flüßchen Gerdau und setzte ihre Füße in das Wasser.

Währenddessen ritten der Probst und Eulenspiegel heim nach Ebstorf. Da machte Eulenspiegel auf dem jungen Hengst der „Braut" mit schönen Sprüngen den Hof und trieb das so lange, daß ihm seine Tasche und sein Gürtel, die man zu dieser Zeit zu tragen pflegte, von der Seite fielen. Als das die gute alte Frau sah, stand sie auf, nahm die Tasche, ging wieder zum Wasser und setzte sich auf die Tasche. Als Eulenspiegel eine Ackerlänge weitergeritten war, vermißte er seine Tasche. Er ritt kurzerhand wieder nach Gerdau und fragte die gute alte Bäuerin, ob sie nicht eine alte, rauhe Tasche gesehen oder gefunden habe. Die alte Frau sprach: „Ja, Freund, bei meiner Hochzeit bekam ich eine rauhe Tasche, die habe ich noch und sitze darauf. Ist es die?" „Oho, das ist lange her, daß du eine Braut warst", sprach Eulenspiegel. „Das muß jetzt notwendigerweise eine alte, rostige Tasche sein. Ich begehre deine alte Tasche nicht."

Und so schalkhaft und listig Eulenspiegel sonst war, so wurde er dennoch von der alten Bäuerin genarrt und büßte seine Tasche ein.

Dieselben rauhen Brauttaschen haben die Frauen in Gerdau heute noch. Ich glaube, daß dort die alten Witwen sie in Verwahrung haben. Wem etwas daran liegt, der mag dort danach fragen.

Die 66. Historie sagt, wie Eulenspiegel bei Uelzen einen Bauern um ein grünes Londoner Tuch betrog und ihn überredete, daß es blau sei.

Gesottenes und Gebratenes wollte Eulenspiegel allezeit essen, darum mußte er sehen, woher er das nahm. Einmal kam er auf den Jahrmarkt nach Uelzen, wohin auch viele Wenden und anderes Landvolk kamen. Da ging er hin und her und sah sich überall danach um, was dort zu tun oder zu schaffen sei. Unter anderem sah er, daß ein Landmann ein grünes Londoner Tuch kaufte und damit nach Hause wollte. Da überlegte Eulenspiegel, wie er den Bauern um das Tuch betrügen könne, und fragte nach dem Dorf, wo der Bauer daheim war. Und er nahm einen Schottenpfaffen und einen anderen losen Gesellen mit sich und ging mit ihnen aus der Stadt auf den Weg, den der Bauer entlang kommen mußte. Eulenspiegel machte einen Plan, was sie tun sollten, wenn der Bauer mit dem grünen Tuch käme, das blau sein sollte. Einer sollte immer eine halbe Ackerlänge Weges von dem anderen entfernt stadtwärts gehen.

Als der Bauer mit dem Tuch aus der Stadt kam und es heimtragen wollte, sprach ihn Eulenspiegel an, wo er das schöne, blaue Tuch gekauft habe. Der Bauer antwortete, es sei grün und nicht blau. Eulenspiegel sagte, das Tuch sei blau, darauf wolle er 20 Gulden setzen. Der nächste Mensch, der des Weges käme und der grün und blau unterscheiden könne, solle ihnen das sagen, damit sie sich einig werden könnten.

Dann gab Eulenspiegel dem ersten seiner Gesellen ein Zeichen zu kommen. Zu dem sprach der Bauer: „Freund, wir zwei sind uneinig über die Farbe dieses Tuches. Sag die Wahrheit, ob dies grün oder blau ist. Was du sagst, dabei wollen wir es bewenden lassen.“ Da sagte der: „Das ist ein recht schönes, blaues Tuch.“ Der Bauer sprach: „Nein, ihr seid zwei Schälke. Ihr habt es vielleicht miteinander darauf angelegt, mich zu betrügen.“ Da sagte Eulenspiegel: „Wohlan, damit du siehst, daß ich recht habe, will ich nachgeben und es dem frommen Priester überlassen, der daherkommt; was er uns sagt, das soll entscheidend sein.“ Damit war auch der Bauer zufrieden.

Als der Pfaffe nähergekommen war, sprach Eulenspiegel: „Herr, sagt recht, welche Farbe hat dieses Tuch?“ Der Pfaffe sprach: „Freund, das seht Ihr wohl selber.“ Der Bauer sprach: „Ja, Herr, das ist wahr. Aber die beiden wollen mir etwas einreden, von dem ich weiß, daß es gelogen ist.“ Der Pfaffe sagte: „Was habe ich mit euerm Hader zu schaffen? Was frage ich danach, ob es schwarz oder weiß ist?“ „Ach, lieber Herr“, sagte der Bauer, „entscheidet zwischen uns, ich bitte Euch darum.“ „Wenn Ihr es haben wollt,“ sprach der Pfaffe, „so kann ich nichts anderes erkennen, als daß das Tuch blau ist.“ „Hörst du das wohl?“ sagte Eulenspiegel, „das Tuch ist mein.“ Der Bauer sprach: „Fürwahr, Herr, wenn Ihr nicht ein geweihter Priester wärt, so meinte ich, daß Ihr lügt und daß Ihr alle drei Schälke seid. Aber da Ihr Priester seid, muß ich Euch das glauben.“ Und er überließ Eulenspiegel und seinen Gesellen das Tuch, mit dem sie sich für den Winter einkleideten. Der Bauer mußte in seinem zerrissenen Rock davongehen.

Die 67. Historie sagt, wie Eulenspiegel zu Hannover in eine Badestube schiß und meinte, sie sei ein Haus der Reinheit.

In der Badestube zu Hannover vor dem Leinetor wollte der Bader nicht, daß sie „Badestube“ genannt werde, sondern ein „Haus der Reinheit“. Davon vernahm Eulenspiegel, und als er nach Hannover kam, ging er in diese Badestube, zog sich aus und sprach, als er in die Stube trat: „Gott grüß Euch, Herr, und Euer Hausgesinde und alle, die ich in diesem reinen Hause finde.“ Dem Bader war das lieb, er hieß ihn willkommen und sprach: „Herr Gast, Ihr sagt mit Recht, das ist ein reines Haus. Es ist auch ein ›Haus der Reinheit ‹ und keine ›Badestube ‹. Denn der Staub ist in der Sonne und auch in der Erde, in der Asche und im Sand.“

Eulenspiegel sprach: „Daß dies ein Haus der Reinheit, ist, das ist offenbar. Denn wir gehen unrein herein und rein wieder heraus.“ Mit diesen Worten schiß Eulenspiegel einen großen Haufen an den Wassertrog mitten in der Badestube, so daß es in der ganzen Stube stank. Da sprach der Bader: „Nun sehe ich wohl, daß deine Worte und Werke nicht gleich sind. Deine Worte waren mir angenehm, aber deine Werke taugen mir nicht; deine Worte waren gediegen, aber deine Werke stinken übel. Pflegt man dies in einem ›Haus der Reinheit ‹ zu tun?“ Eulenspiegel sagte: „Ist das nicht ein ›Haus der Reinheit ‹? Ich hatte innen ein größeres Bedürfnis nach Reinigung als außen, sonst wäre ich nicht hereingekommen.“ Der Bader sprach: „Diese Reinigung pflegt man auf dem Abtritt zu tun. Dies aber ist ein Haus der Reinigung durch Schwitzen, und du machst daraus ein Scheißhaus.“ Eulenspiegel sagte: „Ist das nicht Dreck, der vom Menschenleib kommt? Soll man sich reinigen, so muß man sich innen und außen reinigen.“ Der Bader wurde zornig und sprach: „So etwas pflegt man auf dem Scheißhaus zu reinigen, und der Abdecker fährt es hinaus zur Abfallgrube, nicht ich. Das pflege ich auch nicht wegzufegen und wegzuwaschen.“

Nach diesen Worten hieß der Bader Eulenspiegel, aus der Badestube zu gehn. Eulenspiegel sprach: „Herr Wirt, laßt mich vorher für mein Geld baden. Ihr wollt viel Geld haben, so will ich auch gut baden." Der Bader sagte, er solle nur aus seiner Stube gehn. Er wolle sein Geld nicht haben. Wolle er aber nicht gehen, so würde er ihm bald die Tür zeigen. Da dachte Eulenspiegel: Hier ist schlecht zu fechten, nackend gegen Rasiermesser. Und er ging zur Tür hinaus und sprach: „Was habe ich für einen Dreck so wohl gebadet."

Er zog sich in einer Stube an, wo der Bader mit seinem Hausgesinde zu essen pflegte. Dort sperrte ihn der Bader ein. Er wollte ihn erschrecken, als ob er ihn gefangennehmen lassen wollte, drohte aber nur damit. Derweilen meinte Eulenspiegel, er habe sich in der Badestube noch nicht genug gereinigt. Er sah einen zusammengelegten Tisch, machte ihn auf, schiß einen Dreck hinein und machte ihn wieder zu.

Sogleich danach ließ ihn der Bader hinaus, und sie vertrugen sich wieder. Dann sprach Eulenspiegel also zu ihm: „Lieber Meister, in dieser Stube habe ich mich erst ganz gereinigt. Gedenket meiner freundlich, ehe es Mittag wird. Ich scheide von hinnen."

Die 68. Historie sagt, wie Eulenspiegel in Bremen von den Landfrauen Milch kaufte und sie zusammenschüttete.

Seltsame und spaßhafte Dinge trieb Eulenspiegel in Bremen. Denn einst kam Eulenspiegel dort auf den Markt und sah, daß die Bäuerinnen viel Milch zu Markte brachten. Da wartete er einen neuen Markttag ab, als wieder viel Milch zusammenkam. Er verschaffte sich eine große Bütte, setzte sie auf den Markt und kaufte alle Milch, die auf den Markt kam. Die Milch ließ er in die Bütte schütten. Und er schrieb jeder Frau reihum die Menge Milch an, der einen so viel, der anderen so viel und so immer weiter. Zu den Frauen sagte er, sie möchten so lange warten, bis er die Milch beieinander habe; dann wolle er jeder Frau ihre Milch bezahlen.

Die Frauen saßen auf dem Markt in einem Kreis um ihn herum. Eulenspiegel kaufte so viel Milch, bis keine Frau mehr mit Milch kam und der Zuber beinahe voll war. Da kam Eulenspiegel mit seinem Scherz heraus und sagte: „Ich habe diesmal kein Geld. Wer nicht 14 Tage warten will, mag die Milch wieder aus der Bütte nehmen." Damit ging er hinweg.

Die Bäuerinnen machten ein Geschrei und großen Lärm. Eine behauptete, sie habe so viel gehabt, die andere so viel, die dritte desgleichen, und so ging es weiter. Darüber warfen und schlugen sich die Frauen mit den Eimern, Fäßchen und Flaschen an die Köpfe. Sie gossen sich die Milch in die Augen und in die Kleider und schütteten sie auf die Erde, so daß es aussah, als habe es Milch geregnet.

Die Bürger und alle, die das sahen, lachten über den Spaß, daß die Frauen also zu Markte gingen. Und Eulenspiegel wurde sehr gelobt wegen seiner Schalkheit.

Die 69. Historie sagt, wie Eulenspiegel in Bremen seinen Gästen aus dem Hintern den Braten beträufelte, den niemand essen wollte.

Als Eulenspiegel diesen Streich in Bremen vollbracht hatte, wurde er dort wohl bekannt, so daß ihn die Bürger gut leiden mochten und ihn seiner Streiche wegen bei sich behalten wollten. Und Eulenspiegel blieb lange in der Stadt.

Dort gab es eine Vereinigung von Bürgern und anderen Einwohnern, wie Kaufleuten. Die hielten miteinander Gelage in der Weise ab, daß einer nach dem andern Braten, Käse und Brot gab. Wer ohne triftigen Grund nicht kam, der mußte dem Gastgeber die Zeche zu Bremer Marktpreisen bezahlen. Auf ein solches Gelage kam Eulenspiegel. Sie nahmen ihn zu sich als einen Spaßmacher, damit er mit ihnen an den Zusammenkünften teilnahm.

Da das Gelage reihum ging, fiel es auch auf Eulenspiegel. Er lud seine Zechbrüder in seine Herberge, kaufte ihnen einen Braten und legte ihn aufs Feuer. Als nun die Imbißzeit heranrückte, kamen die Tischgenossen auf dem Markt zusammen und besprachen untereinander, wie sie Eulenspiegel die Ehre ihres Besuches geben wollten. Einer fragte den anderen, ob jemand wüßte, ob er auch etwas gekocht habe oder nicht, damit sie nicht vergebens zu ihm kämen. Und sie wurden sich einig, daß sie zusammen zu ihm gehen wollten. Es sei besser, sie empfingen den Spott zusammen, als einer allein.

Als die Zechbrüder vor die Tür von Eulenspiegels Herberge kamen, nahm er ein Stück Butter und steckte das hinten in seine Kerbe. Dann kehrte er den Arsch zu dem Feuer über den Braten und beträufelte so den Braten mit der Butter aus der Kerbe. Und als die Gäste an der Tür standen und feststellen wollten, ob er etwas gekocht habe, da sahen sie, daß er also beim Feuer stand und den Braten beträufelte. Da sprachen sie: „Der Teufel sei dein Gast, ich esse den Braten nicht!"

Und Eulenspiegel erinnerte sie an die Zahlung der Zeche, die sie ihm alle gern leisteten, damit sie von dem Braten nicht zu essen brauchten.

Die 70. Historie sagt, wie Eulenspiegel in einer Stadt im Sachsenland Steine säte und, als er darauf angesprochen wurde, antwortete, er säe Schälke.

Bald danach kam Eulenspiegel in eine Stadt an der Weser und sah alle Händel unter den Bürgern und was ihre Vorhaben waren, so daß er alle ihre Handlungsweisen kennenlernte und wußte, wie es um ihr Geschäft und ihren Handel stand. Er hatte dort 14 Unterkünfte, und was er in dem einen Haus entlieh, das fand er in dem andern wieder; und er hörte und sah bald nichts mehr, was er noch nicht wußte. Die Bürger wurden seiner überdrüssig, und er wurde ihrer auch müde.

Da sammelte er am Fluß kleine Steine. Damit ging er auf der Gasse vor dem Rathaus auf und ab und säte seine Saat nach beiden Seiten. Da kamen fremde Kaufleute hinzu und fragten ihn, was er säe. Eulenspiegel sagte: „Ich säe Schälke." Die Kaufleute sprachen: „Die brauchst du hier nicht zu säen, davon gibt es hier jetzt mehr, als gut ist." Eulenspiegel sagte: „Das ist wahr, aber sie wohnen hier in den Häusern, sie sollten herauslaufen." Sie sprachen: „Warum säest du hier nicht auch redliche Leute?" Eulenspiegel sagte: „Redliche Leute, die wollen hier nicht aufgehen."

Diese Worte kamen vor den Rat. Man ließ Eulenspiegel holen und befahl ihm, seinen Samen wieder aufzusammeln und die Stadt zu verlassen. Das tat er, kam zehn Meilen von dort in eine andere Stadt und wollte mit der Saat nach Dithmarschen. Aber die Gerüchte über ihn waren vor ihm in der Stadt angelangt. Er durfte nur in die Stadt kommen, wenn er gelobte, durch die Stadt mit seiner Saat hindurchzuziehen, ohne dort zu essen und zu trinken. Da es nun nicht anders sein konnte, mietete er ein Schifflein und wollte seinen Sack mit der Saat und seinem sonstigen Kram auf das Schiff heben lassen. Als der Sack aber von der Erde aufgewunden wurde, riß er mitten entzwei, und Saat und Sack blieben liegen.

Eulenspiegel lief hinweg und soll noch wiederkommen.

Die 71. Historie sagt, wie ein Stiefelmacher in Braunschweig Eulenspiegels Stiefel spickte und Eulenspiegel ihm die Stubenfenster einstieß.

Christoffer hieß ein Stiefelmacher in Braunschweig auf dem Kohlmarkt. Zu dem ging Eulenspiegel und wollte seine Stiefel schmieren lassen. Als er nun zu dem Stiefelmacher in das Haus kam, sprach er: „Meister, wollt Ihr mir diese Stiefel spicken, daß ich sie am Montag wiederhaben kann?" Der Meister sagte: „Ja, gern." Eulenspiegel ging wieder aus dem Haus und dachte an nichts Böses.

Als er fort war, sagte der Geselle: „Meister, das war Eulenspiegel, der treibt mit jedermann seine Schalkheit. Wenn Ihr ihn das geheißen hättet, was er Euch geheißen hat, so täte er es wörtlich und ließe es nicht." Der Meister sprach: „Was hat er mich denn geheißen?" Der Geselle sagte: „Er hieß Euch die Stiefel spicken und meinte schmieren. Nun würde ich sie nicht schmieren, sondern spicken, wie man die Braten spickt." Der Meister sprach: „Höre, das ist gut! Wir wollen tun, wie er uns geheißen hat."

Er nahm Speck, schnitt ihn in Streifen und spickte damit die Stiefel mit einer Spicknadel wie einen Braten. Eulenspiegel kam am Montag und fragte, ob die Stiefel fertig seien. Der Meister hatte sie an einen Haken an die Wand gehängt, zeigte sie ihm und sagte: „Siehe, da hängen sie!" Eulenspiegel sah, daß die Stiefel „gespickt" waren, fing an zu lachen und sprach: „Was seid Ihr für ein tüchtiger Meister! Ihr habt mir das so gemacht, wie ich es Euch geheißen habe. Was wollt Ihr dafür haben?" Der Meister antwortete: „Einen alten Groschen." Eulenspiegel gab ihm den alten Groschen, nahm seine gespickten Stiefel und ging aus dem Haus. Der Meister und sein Geselle sahen und lachten ihm nach und sprachen zueinander: „Wie konnte ihm das geschehen? Nun ist er geäfft!"

Währenddem stieß Eulenspiegel mit dem Kopf und den Schultern durch das Glasfenster – denn die Stube lag zu ebener Erde und ging auf die Straße – und sprach zu dem Stiefelmacher: „Meister, was ist das für ein Speck, den Ihr zu meinen Stiefeln gebraucht habt? Ist es Speck von einer Sau oder von einem Eber?" Der Meister und der Geselle waren ratlos. Schließlich sah der Meister, daß es Eulenspiegel war, der in dem Fenster lag und mit Kopf und Schultern die Butzenscheiben wohl zur Hälfte hinausstieß, so daß sie zu ihm in die Stube fielen. Da wurde der Stiefelmacher zornig und sagte: „Willst du Schurke das nicht lassen? Sonst will ich dir mit diesem Querholz vor den Kopf schlagen!" Eulenspiegel sprach: „Lieber Meister, erzürnt Euch nicht, ich wüßte nur gern, was das für Speck ist, womit Ihr meine Stiefel gespickt habt. Ist er von einer Sau oder von einem Eber?" Der Meister wurde noch zorniger und rief, er solle ihm seine Fenster unzerbrochen lassen. „Wollt Ihr mir das nicht sagen, was es für Speck ist, so muß ich gehen und einen andern fragen." Damit sprang Eulenspiegel wieder aus dem Fenster heraus.

Der Meister wurde nunmehr zornig auf seinen Gesellen und sprach zu ihm: „Den Rat hast du mir gegeben. Nun gib mir Rat, wie meine Fenster wieder ganz gemacht werden!" Der Geselle schwieg. Der Meister aber war unwillig und sagte: „Wer hat nun den andern genarrt? Ich habe alleweil gehört: wer von Schalksleuten heimgesucht wird, der soll die Schlinge abschneiden und die Schälke gehen lassen. Hätte ich das auch getan, so wären meine Fenster ganz geblieben." Der Geselle mußte darum wandern, denn der Meister wollte von ihm die Fenster bezahlt haben, weil er den Rat gegeben hatte, daß man die Stiefel „spicken“ sollte.

Die 72. Historie sagt, wie es Eulenspiegel fertigbrachte, daß eine Frau auf dem Markt in Bremen alle ihre Töpfe entzweischlug.

Als Eulenspiegel diese Schalkheit vollbracht hatte, reiste er wieder nach Bremen zum Bischof. Der hatte Eulenspiegel gern und hatte auch viel Kurzweil mit ihm. Allezeit richtete ihm Eulenspiegel ein scherzhaftes Abenteuer her, so daß der Bischof lachte und ihm sein Pferd kostfrei hielt. Da tat Eulenspiegel so, als ob er der Narrenstreiche müde sei und lieber in die Kirche gehen wolle. Deshalb verspottete ihn der Bischof sehr, aber Eulenspiegel kehrte sich nicht daran und ging beten, so daß ihn der Bischof zuletzt bis aufs äußerste reizte.

Nun hatte sich Eulenspiegel heimlich mit einer Frau verabredet, die die Frau eines Töpfers war. Sie saß auf dem Markt und hielt Töpfe feil. Die Töpfe bezahlte er der Frau allesamt und vereinbarte mit ihr, was sie tun solle, wenn er ihr winkte oder ein Zeichen gäbe.

Dann kam Eulenspiegel wieder zum Bischof und tat so, als sei er in der Kirche gewesen. Der Bischof überfiel ihn wieder mit seinem Spott. Schließlich sprach Eulenspiegel zum Bischof: „Gnädiger Herr, kommt mit mir auf den Markt! Da sitzt eine Töpfersfrau mit irdenem Geschirr. Ich will mit Euch wetten: ich werde weder mit ihr sprechen noch ihr mit den Augen einen Wink geben. Ohne Worte werde ich sie dahin bringen, daß sie aufsteht, einen Stecken nimmt und die irdenen Töpfe alle selbst entzweischlägt.“ Der Bischof sprach: „Es gelüstet mich wohl, das zu sehen.“ Und er wollte mit ihm um 30 Gulden wetten, daß die Frau das nicht täte. Die Wette wurde durch Handschlag bekräftigt, und der Bischof ging mit Eulenspiegel auf den Markt. Eulenspiegel zeigte ihm die Frau, und dann gingen sie auf das Rathaus. Eulenspiegel blieb bei dem Bischof und machte Gebärden mit Worten und Zeichen, als ob er die Frau dazu bringen wollte, daß sie das Gesagte tue. Zuletzt gab er der Frau das verabredete Zeichen. Da stand sie auf, nahm einen Stecken und schlug die irdenen Töpfe sämtlich entzwei, so daß alle Leute darüber lachten, die auf dem Markt waren.

Als der Bischof wieder in seinen Hof kam, nahm er Eulenspiegel beiseite und forderte ihn auf, ihm zu sagen, wie er das gemacht habe, daß die Frau ihr eigenes Geschirr entzweischlug. Dann wolle er ihm die 30 Gulden geben, die er in der Wette verloren habe. Eulenspiegel sagte: „Ja, gnädiger Herr, gern." Und er erzählte ihm, wie er zuerst die Töpfe bezahlt und es mit der Frau verabredet hatte; mit der schwarzen Kunst habe er es nicht getan, und er berichtete ihm alles. Da lachte der Bischof und gab ihm die 30 Gulden. Doch mußte Eulenspiegel ihm geloben, daß er es niemandem weitersagen wolle. Dafür wollte ihm der Bischof zusätzlich einen fetten Ochsen geben. Eulenspiegel sagte ja, er wolle das gern verschweigen, machte sich reisefertig und zog von dannen.

Als Eulenspiegel fort war, saß der Bischof mit seinen Rittern und Knechten bei Tisch und sagte ihnen, auch er verstünde die Kunst, die Frau dazu zu bringen, daß sie alle ihre Töpfe entzweischlüge. Die Ritter und Knechte begehrten nicht zu sehen, daß sie die Töpfe zerschlug, sondern wollten nur die Kunst wissen. Der Bischof sprach: „Will mir jeder von euch einen guten, fetten Ochsen für meine Küche geben, so will ich euch alle die Kunst lehren." Das war im Herbst, wenn die Ochsen fett sind, und jeder dachte: du solltest ein paar Ochsen wagen – sie werden dich nicht hart treffen -, damit du die Kunst lernst. Und jeder Ritter und Knecht bot dem Bischof einen fetten Ochsen. Sie brachten sie zusammen, so daß der Bischof 16 Ochsen bekam. Ein jeder Ochse war vier Gulden wert, so daß die 30 Gulden, die er Eulenspiegel gegeben hatte, zweifach bezahlt waren.

Als die Ochsen beieinander standen, kam Eulenspiegel dahergeritten und sprach: „Von dieser Beute gehört mir die Hälfte." Der Bischof sagte zu Eulenspiegel: „Halt du mir, was du mir gelobt hast; ich will dir auch halten, was ich dir gelobt habe. Laß deinen Herren auch ihr Brot!" Und er gab ihm einen fetten Ochsen. Den nahm Eulenspiegel und dankte dem Bischof.

Danach versammelte der Bischof seine Diener um sich. Er hob an und sprach, sie sollten ihm zuhören, er wolle ihnen jetzt die Kunst sagen. Und er erzählte ihnen alles: wie sich Eulenspiegel zuvor mit der Frau verabredet und wie er ihr die Töpfe vorher bezahlt hatte. Als das der Bischof gesagt hatte, saßen alle seine Diener da, als ob sie mit einer List betrogen worden wären. Aber keiner von ihnen wagte es, vor dem andern etwas zu reden. Der eine kratzte sich den Kopf, der andere den Nacken. Der Handel reute sie allesamt, denn die ärgerten sich alle wegen ihrer Ochsen. Schließlich aber mußten sie sich zufriedengeben und trösteten sich damit, daß der Bischof ihr gnädiger Herr sei. Wenn sie ihm auch die Ochsen gegeben hatten, so blieben sie dabei, es sei alles im Scherz geschehen. Aber sie ärgerte nichts so sehr daran, als daß sie so große Toren gewesen waren und ihre Ochsen für eine solch wertlose Kunst hingegeben hatten. Und daß Eulenspiegel auch einen Ochsen bekommen hatte!

Die 73. Historie sagt, wie sich Eulenspiegel in Hamburg bei einem Barbier verdingte, dem Meister durch die Fenster in die Stube ging usw.

Einmal kam Eulenspiegel nach Hamburg auf den Hopfenmarkt, blieb dort stehen und sah sich um. Da kam ein Bartscherer gegangen, der fragte ihn, woher er komme. Eulenspiegel sagte: „Ich komme von dort her." Der Meister fragte ihn: „Was bist du für ein Handwerksgeselle?" Eulenspiegel antwortete: „Ich bin, kurz gesagt, ein Barbier." Der Meister dingte ihn. Und der Bartscherer wohnte auf dem Hopfenmarkt, gerade gegenüber, wo sie standen. Das Haus hatte dort, wo die Barbierstube war, bis zum Erdboden reichende Fenster nach der Straße zu. Da sagte der Meister zu Eulenspiegel: „Sieh, das Haus gegenüber, wo die hohen Fenster sind, da geh hinein! Ich komme gleich nach."

Eulenspiegel sagte ja, ging geradeswegs zu dem Haus hin und durch die hohen Fenster hinein und sagte: „Gott zur Ehr! Gott grüße das Handwerk!" Die Frau des Bartscherers saß in der Stube und spann. Sie erschrak und sprach: „Dich führt wohl der Teufel! Warum kommst du durch die Fenster? Ist dir die Tür nicht weit genug?“ Eulenspiegel sagte: „Liebe Frau, zürnt mir nicht! Euer Ehemann hat mich das geheißen und hat mich gedingt als Geselle.“ Die Frau sprach: „Das ist mir ein getreuer Geselle, der seinem Meister Schaden tut.“ Eulenspiegel sagte: „Liebe Frau, soll ein Geselle nicht das tun, was ihn sein Meister heißet?“

Derweilen kam der Meister und hörte und sah, was Eulenspiegel getan hatte. Da sprach der Meister: „Wie, Geselle, konntest du nicht zur Tür hineingehn und mir meine Fenster ganz lassen? Welchen Grund hast du gehabt, daß du mir durch die Fenster hereingekommen bist?“ „Lieber Meister, Ihr hießet mich, da hineinzugehen, wo die hohen Fenster seien; Ihr wolltet bald nachkommen. So habe ich nach Eurem Geheiß getan; aber Ihr seid mir da nicht nachgekommen, wo Ihr sagtet, daß ich vorausgehen sollte.“ Der Meister schwieg still, denn er bedurfte Eulenspiegels und dachte: Wenn ich mit ihm mein Geschäft verbessern kann, so will ich das hingehen lassen und ihm das von seinem Lohn abziehn.

Also ließ der Meister Eulenspiegel etwa drei Tage arbeiten. Dann hieß er Eulenspiegel die Rasiermesser schleifen. Eulenspiegel sprach: „Ja, gern.“ Der Meister sagte: „Schleife sie glatt auf dem Rücken gleich der Schneide.“ Eulenspiegel sagte ja und begann, den Schermessern die Rücken ebenso wie die Schneiden zu schleifen. Der Meister kam und wollte zusehen, was er machte. Da sah er, daß bei den Messern, die Eulenspiegel geschliffen hatte, der Rücken ebenso wie die Schneide war. Und die Messer, die er auf dem Schleifstein hatte, die schliff er nach derselben Weise. Da sagte der Meister: „Was machst du bloß? Das wird ein böses Ding!“ Eulenspiegel sprach: „Wie sollte das ein böses Ding werden? Es tut ihnen doch nicht weh, ich tue, wie Ihr mich geheißen habt.“ Der Meister wurde zornig und sagte: „Ich hieß dich einen bösen, heimtückischen Schalk. Hör auf und laß dein Schleifen! Und gehe wieder hin, wo du hergekommen bist!“ Eulenspiegel sagte ja, ging in die Stube und sprang da zum Fenster wieder heraus, wo er hineingekommen war.

Da wurde der Bartscherer noch zorniger und lief ihm nach mit dem Büttel und wollte ihn fangen, damit er ihm die Fenster bezahle, die er zerbrochen hatte. Aber Eulenspiegel war schneller, er entkam in ein Schiff und fuhr von Land.

Die 74. Historie sagt, wie Eulenspiegel einem Bauern die Suppe begoß, übelriechenden Fischtran als Bratenschmalz hinzutat und meinte, es sei für den Bauern gut genug.

Viel Schalkheit hatte Eulenspiegel den Schuhmachern angetan, nicht allein an einem Ort, sondern an vielen Stätten. Nachdem er seinen letzten Streich verübt hatte, kam er nach Stade. Da verdingte er sich bei einem Schuhmacher. Als er am ersten Tage zu arbeiten begann, ging sein Meister auf den Markt und kaufte ein Fuder Holz. Er versprach dem Bauern, ihm außer dem Geld noch eine Suppe zu geben, und brachte ihn mit dem Holz vor sein Haus. Da fand er niemanden in seinem Haus – Frau und Magd waren ausgegangen – als Eulenspiegel. Der war allein und nähte Schuhe. Nun mußte der Meister noch einmal auf den Markt gehen. Er befahl deshalb Eulenspiegel, er möge nehmen, was er habe, und dem Bauern eine Suppe machen; er habe ihm dafür einiges im Schrank gelassen.

Eulenspiegel sagte ja, der Bauer warf das Holz ab und kam in das Haus. Eulenspiegel schnitt ihm Brotstücke in die Schüssel, fand aber nirgends Fett im Schrank. Da kam er zu dem Behälter, worin übelriechender Fischtran war, und begoß damit die Suppe des Bauern. Der Bauer begann sie zu essen und roch, daß sie übel stank. Er war jedoch hungrig und aß die Suppe aus.

Inzwischen kam der Schuhmacher hereingegangen und fragte den Bauern, wie ihm die Suppe geschmeckt habe. Der Bauer sagte: „Das schmeckte alles gut, nur hatte es beinahe den Geschmack von neuen Schuhen." Damit ging der Bauer aus dem Haus.

Da mußte der Schuhmacher lachen und fragte Eulenspiegel, womit er dem Bauern die Suppe begossen habe. Eulenspiegel sprach: „Ihr sagtet mir, ich sollte nehmen, was ich hätte. Nun hatte ich kein anderes Fett als Seefischtran. Ich suchte im Schrank in der Küche, aber ich fand nirgends

Fett. Da nahm ich, was ich hatte." Der Schuhmacher sagte: „Nun, das ist gut so; für den Bauern ist es gut genug."

Die 75. Historie sagt, wie Eulenspiegel ein Weißmus allein ausaß, weil er einen Klumpen aus der Nase hineinfallen ließ.

Große Schalkheit tat Eulenspiegel einer Bäuerin an, um ein Weißmus allein zu essen. Er war hungrig und ging in ein Haus. Dort fand er die Frau allein vor. Sie saß beim Feuer und kochte ein Weißmus. Das duftete Eulenspiegel so wohl in die Nase, daß es ihn gelüstete, davon zu essen. Er bat die Frau, ihm das Weißmus zu geben. Die Frau sagte: „Ja, mein lieber Eulenspiegel, gern! Und wenn ich es selber entbehren müßte, so will ich es dennoch Euch geben, damit Ihr es allein eßt." Eulenspiegel sagte: „Meine liebe Frau, das möchte wohl nach Euren Worten geschehen."

Die Frau gab ihm das Weißmus und setzte die Schüssel mit dem Mus samt Brot auf den Tisch. Eulenspiegel war hungrig und begann zu essen. Die Frau kam dazu und wollte mit ihm essen, wie es bei den Bauern üblich ist. Da dachte Eulenspiegel: wenn sie auch kommt und ißt, so wird hier nicht lange für mich etwas übrigbleiben. Und er hustete einen großen Klumpen und spuckte ihn in die Schüssel mit dem Weißmus. Da wurde die Frau zornig und sagte: „Pfui über dich! Dieses Weißmus friß du Schalk nun allein!"

Eulenspiegel sprach: „Meine liebe Frau, Eure ersten Worte waren also: Ihr wolltet das Weißmus selber entbehren, und ich sollte es allein essen. Nun kommt Ihr und wollt mit mir essen. Ihr hättet das Weißmus wohl mit drei Bissen aus der Schüssel geholt." Die Frau sagte: „Daß dir nimmer Gutes geschehe...! Gönnest du mir meine eigene Kost nicht? Wie solltest du mir dann deine Kost geben?" Eulenspiegel sprach: „Frau, ich tue nur nach Eueren Worten." Und er aß das ganze Weißmus auf, wischte sich den Mund und ging hinweg.

Die 76. Historie sagt, wie Eulenspiegel in ein Haus schiß und den Gestank durch die Wand in eine Gesellschaft blies, die ihn nicht leiden konnte.

In großen Tagesreisen wanderte Eulenspiegel nach Nürnberg und blieb da 14 Tage. In der Nähe der Herberge, in der er sich aufhielt, wohnte ein frommer Mann, der war reich und ging gern in die Kirche. Er verabscheute jedoch die Spielleute. Wo die waren oder wenn die dorthin kamen, wo er war, da ging er davon. Dieser Mann hatte die Gewohnheit, einmal im Jahr seine Nachbarn zu Gast zu laden. Dann tat er ihnen gütlich mit Kost und Wein und mit den besten Getränken. Und wenn in den Häusern seiner Nachbarn fremde Gäste waren, etwa zwei oder drei Kaufleute, die lud er allezeit mit ein, und sie waren ihm willkommen. Da kam die Zeit, in der jedermann Gäste einlud. Eulenspiegel wohnte zur Herberge nebenan im Nachbarhaus. Und der reiche Mann lud, wie es seine Gewohnheit war, seine Nachbarn und ihre Gäste ein, soweit es ehrbare Leute waren. Aber Eulenspiegel lud er nicht ein; den betrachtete er als Gaukler und Spielmann, die er nicht einzuladen pflegte.

Als nun die Nachbarn zu dem frommen Mann zu Gast in sein Haus gingen zusammen mit den ehrbaren Leuten, die er ebenfalls eingeladen hatte und die sie in ihren Häusern beherbergten, da ging auch der Wirt, bei dem Eulenspiegel zur Herberge war, mit seinen sonstigen Gästen, die gebeten worden waren, dorthin zu Tisch. Und der Wirt sagte zu Eulenspiegel, daß ihn der reiche Mann als einen Gaukler ansehe; darum habe er ihn nicht zu Gast geladen. Eulenspiegel gab sich damit zufrieden. Er dachte aber: Bin ich ein Gaukler, so sollte ich ihm die Gaukelei beweisen. Und ihn ärgerte doch, daß der Mann ihn so verschmäht hatte.

Es war bald nach Sankt-Martins-Tag, als das Gastmahl stattfand. Der Wirt saß mit seinen Gästen in einem köstlichen Gemach, wo er ihnen das Mahl gab. Und das Zimmer war unmittelbar neben der Wand des Hauses, wo Eulenspiegel wohnte. Als sie beim Mahl saßen und sehr guter Dinge waren, kam Eulenspiegel und bohrte ein Loch durch die Wand, die an das Gemach stieß, in dem die Gäste saßen. Dann nahm er einen Blasebalg, machte einen großen Haufen seines Drecks und blies mit dem Blasebalg durch das von ihm gebohrte Loch in das Zimmer. Das stank so übel, daß niemand in dem Gemach bleiben wollte. Einer sah den andern an: Der erste meinte, der zweite rieche so, der zweite meinte, es sei der dritte. Eulenspiegel aber hörte mit dem Blasebalg nicht auf, so daß die Gäste aufstehen mußten und vor Gestank nicht länger bleiben konnten. Sie suchten unter den Bänken, sie kehrten in allen Winkeln, nichts half. Niemand wußte, wo der Gestank herkam, so daß jedermann nach Hause ging.

Auch Eulenspiegels Wirt kam zurückgegangen. Ihm war von dem Gestank so schlecht geworden, daß er alles ausbrach, was er im Leibe hatte. Er erzählte, wie übel es in dem Gemach nach Menschendreck gestunken habe. Eulenspiegel fing an zu lachen und sagte: „Wenn mich der reiche Mann auch nicht zu Gast laden und mir seine Kost gönnen wollte, so bin ich ihm doch viel günstiger und getreuer gesonnen als er mir: Ich gönne ihm meine Kost. Wäre ich da gewesen, hätte es nicht so übel gestunken." Und sogleich rechnete er mit seinem Wirt ab und ritt hinweg, denn er befürchtete, daß es herauskäme.

Der Wirt merkte an seinen Worten, daß er von dem Gestank etwas wußte. Aber er konnte nicht begreifen, wie Eulenspiegel das gemacht hatte, und wunderte sich sehr. Als Eulenspiegel aus der Stadt heraus war, begann der Wirt, in seinem Haus zu suchen, und fand den Blasebalg, der arg beschissen war. Er fand auch das Loch, das Eulenspiegel durch die Wand in seines Nachbarn Haus gebohrt hatte. Da durchschaute er die Sache sogleich, holte seinen Nachbarn dazu und erzählte ihm, wie Eulenspiegel dies alles getan habe und wie seine Worte gewesen seien.

Der reiche Mann sprach: „Lieber Nachbar, von Toren und Spielleuten hat niemand einen Vorteil. Darum will ich sie nicht in meinem Haus haben. Ist mir nun diese Büberei durch Euer Haus geschehn, so kann ich nichts dabei tun. Ich sah Euern Gast als einen Schalk an, das las ich an seinem Wahrzeichen. So ist es besser in Euerm Haus als in meinem Haus geschehen, vielleicht hätte er mir noch schädlichere Dinge angetan."

Eulenspiegels Wirt sagte: „Lieber Nachbar, Ihr habt es wohl gehört, und also ist es auch: Vor einen Schalk soll man zwei Lichter setzen, und das muß ich wohl auch tun, denn ich muß immer allerlei Gäste beherbergen. Wenn ein Schalk kommt, muß man ihn aufs beste bewirten.“

Damit schieden sie voneinander. Eulenspiegel war dagewesen und kam nicht wieder.

Die 77. Historie sagt, wie Eulenspiegel in Eisleben einen Wirt erschreckte mit einem toten Wolf, den er zu fangen versprochen hatte.

In Eisleben wohnte ein spöttischer und stolzer Wirt. Der glaubte fest, daß er ein großer Gastwirt sei. Da kam Eulenspiegel in seine Herberge. Es war in den Wintertagen, und es lag viel Schnee. Dann kamen drei Kaufleute aus Sachsen, die nach Nürnberg wollten und bei finstrer Nacht in der Herberge eintrafen. Der Wirt war sehr redselig, hieß die drei Kaufleute mit schnell gesprochenen Worten willkommen und fragte, wo sie, zum Teufel, so lange gewesen seien, daß sie so spät zur Herberge kämen. Die Kaufleute sprachen: „Herr Wirt, Ihr dürft nicht so mit uns zanken! Uns ist unterwegs ein Abenteuer widerfahren: Ein Wolf hat uns viel Ungemach zugefügt. Der begegnete uns im Schnee, so daß wir uns mit ihm herumschlagen mußten, das hielt uns so lange auf.“

Als der Wirt das hörte, spottete er über sie und sagte, es sei eine Schande, daß sie sich von einem Wolf aufhalten ließen. Und wenn er allein auf dem Felde sei und ihm zwei Wölfe begegneten, so wolle er sie schlagen und verjagen, davor solle ihm nicht grauen! Und sie seien zu dritt gewesen und hätten sich von einem Wolf erschrecken lassen! Es währte den ganzen Abend, daß der Wirt die Kaufleute verächtlich behandelte, bis sie zu Bett gingen. Eulenspiegel saß dabei und hörte sich das Gespött an.

Als sie nun zu Bett gingen, wurden die Kaufleute und Eulenspiegel in eine Kammer gelegt. Da sprachen die Kaufleute untereinander, was sie tun könnten, um es dem Wirt heimzuzahlen und ihm den Mund zu stopfen. Denn sonst würde das Gespött kein Ende haben, wenn einer von ihnen wieder in die Herberge käme. Da sagte Eulenspiegel: „Liebe Freunde, ich merke wohl, daß der Wirt ein Aufschneider ist. Wollt Ihr auf mich hören, will ich es ihm so besorgen, daß er Euch nie mehr ein Wort von dem Wolf sagt." Den Kaufleuten gefiel das wohl, und sie versprachen, ihm Zehrung und Geld zu geben. Da sprach Eulenspiegel, sie sollten hinreiten zu ihren Geschäften und auf der Rückreise wieder zu dieser Herberge kommen. Er wolle auch da sein, und dann wollten sie an dem Wirt Vergeltung üben.

Das geschah. Als die Kaufleute reisefertig waren, bezahlten sie ihren und Eulenspiegels Verzehr und ritten aus der Herberge. Der Wirt rief den Kaufleuten spöttisch nach: „Ihr Kaufleute, seht zu, daß Euch kein Wolf auf der Wiese begegnet!" Die Kaufleute sprachen: „Herr Wirt, habt Dank, daß Ihr uns warnt! Fressen uns die Wölfe, so kommen wir nicht wieder, und fressen Euch die Wölfe, so finden wir Euch nicht mehr hier." Damit ritten sie hinweg.

Da ritt Eulenspiegel in den Wald und stellte den Wölfen nach. Und Gott gab ihm das Glück, daß er einen fing. Den tötete er und ließ ihn hart frieren. Zu der Zeit, als die Kaufleute wieder nach Eisleben in die Herberge kommen wollten, tat Eulenspiegel den toten Wolf in einen Sack und ritt wieder nach Eisleben. Dort fand er die drei Kaufleute, wie sie verabredet hatten. Von Eulenspiegels Wolf wußte niemand etwas.

Abends während des Essens spottete der Wirt wieder über die Kaufleute wegen des Wolfs. Sie sagten, ihnen sei es eben mit dem Wolf so ergangen; wenn ihm zwei Wölfe auf der Wiese begegneten, würde er sich dann eines Wolfes zuerst erwehren und hernach den anderen erschlagen? Der Wirt sprach große Worte, wie er zwei Wölfe in Stücke schlagen wolle. Das ging so den ganzen Abend, bis sie zu Bett gehen wollten. Eulenspiegel schwieg so lange still, bis er zu den Kaufleuten in die Kammer kam. Dann sagte er zu ihnen: „Gute Freunde, seid still und wacht! Was ich will, das wollt ihr auch. Laßt mir ein Licht brennen!"

Als nun der Wirt mit all seinem Gesinde zu Bett war, schlich Eulenspiegel leise aus der Kammer und holte den toten, hartgefrorenen

Wolf. Er trug ihn an den Herd, unterstellte ihn mit Stecken, so daß er aufrecht stand, und sperrte ihm das Maul weit auf. Dann steckte er ihm zwei Kinderschuhe ins Maul, ging wieder zu den Kaufleuten in die Kammer und rief laut: „Herr Wirt!" Der Wirt hörte das, denn er war noch nicht eingeschlafen, und rief zurück, was sie wollten und ob sie etwa wieder ein Wolf beißen wolle. Da riefen sie: „Ach, lieber Herr Wirt, sendet uns die Magd oder den Knecht, damit er uns etwas zu trinken bringt! Wir wissen nicht, wohin vor Durst!" Der Wirt wurde zornig und sprach: „Das ist der Sachsen Art, die saufen Tag und Nacht!" Und er rief die Magd, sie möge aufstehen und den Kaufleuten etwas zum Trinken in die Kammer bringen.

Die Magd stand auf, ging zum Feuer und wollte ein Licht anzünden. Da sah sie hoch und schaute dem Wolf gerade in das Maul. Sie erschrak, ließ das Licht fallen, lief in den Hof und meinte nichts anderes, als daß der Wolf die Kinder schon aufgefressen habe.

Eulenspiegel und die Kaufleute aber riefen weiter nach etwas zum Trinken. Der Wirt glaubte, die Magd sei wieder eingeschlafen, und rief den Knecht. Der Knecht stand auf und wollte auch ein Licht anzünden. Da sah auch er den Wolf dastehen und meinte, er habe die Magd gefressen, ließ das Licht fallen und lief in den Keller. Eulenspiegel und die Kaufleute hörten, was geschah, und Eulenspiegel sagte: „Seid guter Dinge, das Spiel will heute gut werden!"

Die Kaufleute und Eulenspiegel riefen zum dritten Male, wo der Knecht und die Magd blieben, weil sie ihnen nichts zu trinken brächten; der Wirt solle doch selber kommen und ein Licht bringen; sie könnten im Dunkeln nicht aus der Kammer kommen, sonst wollten sie wohl selbst hinuntergehen. Der Wirt meinte nichts anderes, als daß der Knecht auch eingeschlafen sei, stand auf, wurde zornig und sprach: „Hat der Teufel die Sachsen gemacht mit ihrem Saufen?" Er entzündete ein Licht bei dem Feuer und sah den Wolf am Herd stehen mit den Schuhen im Maul. Da fing er an zu schreien und rief: „Mordenio! Rettet, liebe Freunde!" Und er lief zu den Kaufleuten, die in der Kammer waren, und rief: „Liebe Freunde, kommt mir zur Hilfe, ein schreckliches Tier steht bei dem Feuer und hat mir die Kinder, die Magd und den Knecht aufgefressen!"

Die Kaufleute und Eulenspiegel waren sofort bereit und gingen mit dem Wirt zum Feuer. Der Knecht kam aus dem Keller, die Magd aus dem Hof, und die Frau brachte die Kinder aus der Kammer, so daß man sah, daß sie noch alle lebten. Eulenspiegel ging herzu und stieß den Wolf mit dem Fuß um. Der lag da und rührte kein Glied. Eulenspiegel sagte: „Das ist ein toter Wolf. Macht Ihr deshalb so ein Geschrei? Was seid Ihr für ein Angsthase! Beißt Euch ein toter Wolf in Euerm Haus und jagt Euch und all Euer Gesinde in die Ecken? Vor noch nicht langer Zeit wolltet Ihr zwei lebendige Wölfe auf dem Felde erschlagen. Aber Ihr habt nur in Worten, was mancher im Sinn hat."

Der Wirt hörte und merkte, daß er genarrt worden war, und ging in die Kammer zu Bett. Er schämte sich seiner großen Worte und daß ein toter Wolf ihn und all sein Gesinde in Schrecken versetzt hatte. Die Kaufleute waren lustig, lachten und bezahlten, was sie und Eulenspiegel verzehrt hatten. Dann ritten sie von dannen. Und nach dieser Zeit sagte der Wirt nicht mehr so viel über seine Mannhaftigkeit.

Die 78. Historie sagt, wie Eulenspiegel in Köln dem Wirt auf den Tisch schiß und ihm sagte, er möge kommen, damit er es fände.

Bald danach kam Eulenspiegel nach Köln in eine Herberge, und er drückte sich zwei oder drei Tage herum, um sich nicht zu erkennen zu geben. In diesen Tagen merkte er, daß der Wirt ein Schalk war. Da dachte er: Wo der Wirt ein Schalk ist, da haben es die Gäste nicht gut, du solltest dir eine andere Herberge suchen. Am Abend merkte es der Wirt Eulenspiegel an, daß er eine andere Herberge suchte. Er wies den anderen Gästen ihre Betten an, nicht aber Eulenspiegel. Da sprach dieser: „Wie, Herr Wirt, ich bezahle meine Kost ebenso teuer wie die, denen Ihr ein Bett anweist, und ich soll hier auf der Bank schlafen?" Der Wirt sagte: „Siehe, da hast du ein paar Bettlaken!" und ließ einen Furz. Und auf der Stelle ließ er noch einen und sprach: „Siehe, da hast du ein Kopfkissen!"

Und zum dritten Male ließ er einen fahren, daß es stank, und sagte: „Siehe, da hast du ein ganzes Bett! Behilf dich bis morgen und lege sie mir auf einen Haufen, damit ich sie beieinander wiederfinde!“ Eulenspiegel schwieg still und dachte: Sieh, das merkest du wohl: du mußt den Schalk mit einem Schalk bezahlen. Und er lag die Nacht auf der Bank.

Nun hatte der Wirt einen schönen Klapptisch. Die Flügel klappte Eulenspiegel auf, schiß auf den Tisch einen großen Haufen und klappte ihn wieder zu. Am Morgen stand er früh auf, ging vor des Wirtes Kammer und sprach: „Herr Wirt, ich danke Euch für die Nachtherberge.“ Und damit ließ er einen großen Furz und sagte: „Seht, das sind die Federn von dem Bett. Das Kopfkissen, die Bettlaken und die Decken mit dem Bett habe ich zusammen auf einen Haufen gelegt.“ Der Wirt sprach: „Herr Gast, das ist gut, ich will danach sehen, wenn ich aufstehe.“ Eulenspiegel sagte: „Das tut! Schaut Euch um, Ihr werdet das schon finden!“ Und damit ging er aus dem Haus.

Der Wirt sollte zu Mittag viele Gäste haben und sagte, die Gäste sollten auf dem hübschen Klapptisch essen. Als er nun den Tisch aufmachte, zog ihm ein böser Gestank in die Nase, er fand den Dreck und sprach: „Er gibt den Lohn nach den Werken, einen Furz hat er mit einem Scheißen bezahlt.“

Dann ließ der Wirt Eulenspiegel zurückholen, weil er ihn noch besser kennenlernen wollte. Eulenspiegel kam auch wieder, und er und der Wirt vertrugen sich in ihrer Schalkheit so, daß Eulenspiegel fortan ein gutes Bett bekam.

Die 79. Historie sagt, wie Eulenspiegel den Wirt mit dem Klange des Geldes bezahlte.

Lange Zeit blieb Eulenspiegel in Köln in der Herberge. Einmal begab es sich, daß man das Essen so spät zum Feuer brachte, daß es später Mittag wurde, ehe die Kost fertig war. Eulenspiegel verdroß es sehr, daß er so lange fasten sollte. Der Wirt sah es ihm wohl an, daß es ihn verdroß, und er sprach zu ihm: wer nicht warten könne, bis die Kost zubereitet sei, der möge essen, was er habe. Eulenspiegel ging in eine Ecke und aß eine trockene Semmel auf. Dann setzte er sich an den Herd und beträufelte den Braten, bis er gar war.

Als es zwölf schlug, wurde der Tisch gedeckt, und das Essen wurde gebracht. Der Wirt setzte sich zu den Gästen, aber Eulenspiegel blieb in der Küche am Herd. Der Wirt sprach: „Wie, Eulenspiegel, willst du nicht mit am Tisch sitzen?“ „Nein“, sagte er, „ich mag nichts mehr essen, ich bin durch den Geruch des Bratens satt geworden.“ Der Wirt schwieg und aß mit den Gästen, die nach dem Essen ihre Zeche bezahlten. Der eine ging fort, der andere blieb, und Eulenspiegel saß bei dem Feuer.

Da kam der Wirt mit dem Zahlbrett, war zornig und sprach zu Eulenspiegel, er möge zwei kölnische Weißpfennige für das Mahl darauflegen. Eulenspiegel sagte: „Herr Wirt, seid Ihr ein solcher Mann, daß Ihr Geld von einem nehmt, der Eure Speise nicht gegessen hat?“ Der Wirt sprach feindlich, er müsse das Geld geben. Habe Eulenspiegel auch nichts gegessen, so sei er doch von dem Geruch satt geworden. Er habe bei dem Braten gesessen, das sei soviel, als habe er an der Tafel gesessen und habe gegessen. Das müsse er ihm für eine Mahlzeit anrechnen. Da zog Eulenspiegel einen kölnischen Weißpfennig hervor, warf ihn auf die Bank und sprach: „Herr Wirt, hört Ihr diesen Klang?“ Der Wirt sagte: „Diesen Klang höre ich wohl.“ Eulenspiegel nahm schnell wieder den Pfennig auf, steckte ihn in seinen Säckel und sprach: „Soviel Euch der Klang des Pfennigs hilft, soviel hilft mir der Geruch des Bratens in meinem Bauch.“ Der Wirt wurde unwirsch, denn er wollte den Weißpfennig haben, aber Eulenspiegel wollte ihm den nicht geben und das Gericht entscheiden lassen. Der Wirt gab es auf und wollte nicht vor das Gericht. Er befürchtete, daß Eulenspiegel es ihm so heimzahlen würde wie mit dem Klapptisch, ließ ihn im guten fortgehen und schenkte ihm die Zeche.

Eulenspiegel zog von dannen, wanderte fort vom Rhein und zog wieder in das Land Sachsen.

Die 80. Historie sagt, wie Eulenspiegel von Rostock schied und dem Wirt an das Feuer schiß.

Mit Eifer reiste Eulenspiegel von Rostock weg, als er die Schalkheit verübt hatte, und ging zur Herberge in einen Flecken. In dem Haus war nicht viel zu essen, denn dort herrschte eitel Armut. Der Wirt im Haus hatte viele Kinder, und bei ihnen war Eulenspiegel nur ungern. Eulenspiegel band sein Pferd im Stall fest, ging in das Haus, kam zur Feuerstelle und fand einen kalten Herd und eine leere Wohnung. Da begriff er, daß hier nichts als Armut war. Er sprach: „Herr Wirt, Ihr habt böse Nachbarn." Der Wirt sagte: „Ja, Herr Gast, das habe ich; sie stehlen mir alles, was ich im Hause habe."

Da mußte Eulenspiegel lachen und dachte: hier ist der Wirt wie der Gast. Er hatte wohl Lust dazubleiben, aber die Kinder mochte er nicht leiden, denn er sah, daß sie ihre Notdurft hinter der Haustür verrichteten, ein Kind nach dem andern. Da sprach Eulenspiegel zu dem Wirt: „Wie sind doch Eure Kinder unsauber! Haben sie keine Stelle, wo sie ihre Notdurft verrichten können als hinter der Haustür?" Der Wirt sagte: „Herr Gast, was scheltet Ihr darüber? Mir mißfällt nichts daran, ich schaffe es morgen hinweg."

Eulenspiegel schwieg. Später, als er seinen Drang verspürte, schiß er einen großen Haufen Dreck an das Feuer. Als er bei seinem Werke war, kam der Wirt und sprach: „Daß dich das Fieber schüttle! Scheißt du an das Feuer? Ist der Hof nicht groß genug?" Eulenspiegel sagte: „Herr Wirt, was scheltet Ihr darüber? Das macht mir nichts aus, ich schaffe es täglich weg."

Und er setzte sich auf sein Pferd und ritt zum Tor hinaus. Der Wirt rief ihm nach: „Halt, und schaffe den Dreck von dem Herd weg!" Eulenspiegel sprach: „Wer der letzte ist, der kehre das Haus! So wird mein Dreck und Euer Dreck zugleich ausgekehrt."

Die 81. Historie sagt, wie Eulenspiegel einen Hund schund und das Fell der Wirtin als Bezahlung gab, weil er mit ihm aß.

Nun begab es sich, daß Eulenspiegel in ein Dorf in der Nähe von Staßfurt kam. In einem Haus fand er die Wirtin allein. Die Wirtin hatte ein zierliches Hündlein, das sie sehr liebte. Es mußte ihr allezeit auf dem Schoß liegen, wenn es nichts anderes vorhatte.

Eulenspiegel saß am Feuer und trank aus der Kanne. Die Frau hatte den Hund daran gewöhnt: Wenn sie Bier trank, gab sie dem Hund auch Bier in eine Schüssel, damit er ebenfalls trinken konnte. Als nun Eulenspiegel dasaß und trank, stand der Hund auf, schmeichelte sich an Eulenspiegel heran und sprang an seinem Hals empor. Das sah die Wirtin, und sie sprach: „Ach, gebt ihm auch zu trinken in der Schüssel! Das ist sein Wunsch." Eulenspiegel sagte zu ihr: „Gern". Die Wirtin ging und tat die Dinge, die sie zu erledigen hatte. Eulenspiegel trank und gab dem Hund auch zu trinken in der Schüssel und legte darein noch einen Bissen Fleisch, so daß der Hund satt wurde, sich ans Feuer legte und sich ausstreckte, so lang er war.

Dann sagte Eulenspiegel zu der Wirtin: „Wir wollen abrechnen" und sprach weiter: „Liebe Wirtin, wenn ein Gast Eure Kost ißt und von Eurem Bier trinkt und kein Geld hat, borgt Ihr dem Gast?" Die Wirtin dachte nicht daran, daß er den Hund meinen könnte, sondern glaubte, er selbst sei dieser Gast, und sagte zu ihm: „Herr Gast, man borgt hier nicht, man muß Geld geben oder ein Pfand." Eulenspiegel sprach: „Damit bin ich für meinen Teil zufrieden; ein anderer sorge für das Seine!" Dann ging die Wirtin fort. Und sobald Eulenspiegel es zuwege bringen konnte, nahm er den Hund unter den Rock und ging mit ihm in den Stall. Dort zog er ihm das Fell ab und ging wieder in das Haus zum Feuer und hatte das Fell des Hundes unter dem Rock. Dann hieß Eulenspiegel die Wirtin kommen und sagte wiederum: „Laßt uns abrechnen."

Die Wirtin rechnete, und Eulenspiegel legte die halbe Zeche hin. Da fragte die Wirtin, wer die andere Hälfte bezahlen solle, er habe das Bier doch allein getrunken. Eulenspiegel sagte: „Nein, ich habe es nicht allein getrunken, ich hatte einen Gast. Der trank mit, und der hat kein Geld, aber er hat ein gutes Pfand; der soll die andere Hälfte bezahlen.“ Die Wirtin sprach: „Was ist das für ein Gast? Was habt Ihr für ein Pfand?“ Eulenspiegel antwortete: „Das ist sein allerbester Rock, den er anhatte.“ Und er zog das Hundefell unter dem Rock hervor und sprach: „Seht, Wirtin, das ist der Rock des Gastes, der mit mir trank.“

Die Wirtin erschrak und sah, daß es ihres Hundes Fell war. Sie wurde zornig und sprach: „Daß dir nimmer Glück geschehe! Warum hast du mir meinen Hund abgezogen?“ Und sie fluchte. Eulenspiegel antwortete: „Wirtin, das ist Eure eigene Schuld, also laß ich Euch fluchen. Ihr sagtet mir selbst, ich solle dem Hund einschenken. Und ich sagte, der Gast habe kein Geld. Ihr wolltet ihm nicht borgen, Ihr wolltet Geld oder Pfand haben. Da er kein Geld hatte und das Bier bezahlt werden mußte, so mußte er den Rock als Pfand lassen. Den nehmt jetzt für sein Bier, das er getrunken hat.“

Die Wirtin wurde noch zorniger und hieß ihn aus dem Haus gehen; und er solle niemals wiederkommen. Eulenspiegel sprach: „Ich will aus Euerm Haus nicht gehn, sondern reiten.“ Und er sattelte sein Pferd, ritt zum Tor hinaus und sagte: „Wirtin, bewahrt das Pfand so lange auf, bis ich Euer Geld zusammengebracht habe, dann will ich noch einmal ungeladen wiederkommen. Wenn ich dann nicht mit Euch trinke, brauche ich auch kein Bier zu bezahlen.“

Die 82. Historie sagt, wie Eulenspiegel derselben Wirtin einredete, Eulenspiegel liege auf dem Rad.

Hört, was Eulenspiegel weiter in dem Dorf bei Staßfurt getrieben hat! Er zog andere Kleider an und ging wieder in seine vorige Herberge. In dem Haus sah er ein Rad stehen. Da legte er sich oben auf das Rad, bot der Wirtin einen guten Tag und fragte sie, ob sie nicht etwas von Eulenspiegel gehört habe. Sie antwortete, was sie wohl von dem Schalk hören solle, am liebsten möchte sie ihn gar nicht nennen hören.

Eulenspiegel sprach: „Frau, was hat er Euch getan, daß Ihr ihm so gram seid? Wo er hinkam, da schied er freilich nicht ohne Schalkheit." Die Frau sagte: „Das habe ich wohl gemerkt. Er kam auch hierher, schund mir meinen Hund und gab mir das Fell für das Bier, das er getrunken hatte." Eulenspiegel sprach: „Frau, das war nicht wohl getan." Die Wirtin sagte: „Es wird ihm auch schändlich ergehen." Er sprach: „Frau, das ist schon geschehn, er liegt auf dem Rad." Die Wirtin sagte: „Dafür sei Gott gelobt!" Eulenspiegel sprach: „Ich bin es. Ade, ich fahre dahin."

Die 83. Historie sagt, wie Eulenspiegel eine Wirtin mit bloßem Arsch in die heiße Asche setzte.

Boshafte und zornige Nachreden bringen bösen Lohn. Als Eulenspiegel von Rom zurückreiste, kam er in ein Dorf, in dem eine große Herberge war. Der Wirt war nicht zu Hause. Da fragte Eulenspiegel die Wirtin, ob sie Eulenspiegel kenne. Die Wirtin antwortete: „Nein, ich kenne ihn nicht. Aber ich habe von ihm gehört, daß er ein auserlesener Schalk ist." Eulenspiegel sprach: „Liebe Wirtin, warum sagt Ihr, daß er ein Schalk ist, wenn Ihr ihn nicht kennt?" Die Frau sagte: „Was ist daran gelegen, daß ich ihn nicht kenne? Das macht doch nichts; die Leute sagen eben, er sei ein böser Schalk." Eulenspiegel sprach: „Liebe Frau, hat er Euch je ein Leid angetan? Wenn er ein Schalk ist, so wißt Ihr das nur vom Hörensagen; darum wißt Ihr nichts Eigentliches von ihm zu sagen." Die Frau sprach: „Ich sage es so, wie ich es von den Leuten gehört habe, die bei mir aus- und eingehen."

Eulenspiegel schwieg. Des Morgens stand er ganz früh auf und scharrte die heiße Asche auseinander. Dann ging er zum Bett der Wirtin und nahm sie aus dem Schlaf. Er setzte sie mit dem bloßen Arsch auf die heiße Asche, verbrannte ihr den Arsch gar sehr und sprach: „Seht, Wirtin, nun könnt Ihr von Eulenspiegel sagen, daß er ein Schalk ist. Ihr empfindet es jetzt, und Ihr habt ihn gesehen. Hieran mögt Ihr ihn erkennen." Das Weib fing an zu jammern, aber Eulenspiegel ging aus dem Haus, lachte und sprach: „Also soll man die Romfahrt vollbringen."

Die 84. Historie sagt, wie Eulenspiegel einer Wirtin in das Bett schiß und ihr einredete, das habe ein Pfaffe getan.

Böse Schalkheit verübte Eulenspiegel in Frankfurt an der Oder. Dorthin wanderte er mit einem Pfaffen, und beide zogen in dieselbe Herberge. Am Abend behandelte sie der Wirt sehr freundlich und gab ihnen Fisch und Wildbret. Als sie zu Tisch gingen, setzte die Wirtin den Pfaffen obenan, und das Gute in den Schüsseln legte sie dem Pfaffen vor. Sie sagte: „Herr, esset das um meinetwillen." Eulenspiegel saß unten am Tisch, sah den Wirt und die Wirtin dauernd an, aber niemand legte ihm etwas vor oder hieß ihn essen, obwohl er doch gleichviel bezahlen mußte.

Als das Mahl beendet und es Schlafenszeit war, wurden Eulenspiegel und der Pfaffe in die gleiche Kammer gelegt. Für jeden wurde ein schönes, sauberes Bett bereitet, in dem sie schliefen. Am Morgen stand der Pfaffe zu passender Stunde auf, betete die ihm vorgeschriebene Zeit, bezahlte danach den Wirt und zog weiter.

Eulenspiegel blieb liegen, bis es neun Uhr schlagen wollte, dann schiß er in das Bett, darin der Pfaffe gelegen hatte, einen großen Haufen. Die Wirtin fragte den Hausknecht, ob der Pfaffe und die anderen Gäste aufgestanden seien und ob sie abgerechnet und bezahlt hätten. Der Knecht sprach: „Ja, der Pfaffe stand frühzeitig auf, betete seine Zeit, bezahlte und wanderte weiter. Aber den anderen Gesellen habe ich heute noch nicht gesehen." Die Frau befürchtete, er sei krank, ging in die Kammer und fragte Eulenspiegel, ob er nicht aufstehen wolle. Er sagte: „Ja, Wirtin, mir war bisher nicht recht wohl."

Indessen wollte die Frau die Bettlaken vom Bett des Pfaffen nehmen. Als sie es aufdeckte, lag ein großer Dreck mitten im Bett. „Ei, behüte mich Gott", sprach sie, „was liegt hier?" „Ja, liebe Wirtin, das wundert mich nicht", sagte Eulenspiegel, „denn was zum Abendessen an Gutem auf den Tisch kam: davon wurde das Allerbeste dem Pfaffen vorgelegt. Und den ganzen Abend wurde nur gesagt: ›Herr, eßt das auf! ‹ Da der Pfarrer so viel gegessen hatte, wundert es mich, daß es bei dem Haufen im Bett geblieben ist und daß er die Kammer nicht auch noch voll geschissen hat."

Die Wirtin fluchte dem unschuldigen Pfaffen und sagte, wenn er wiederkommen müsse er weitergehn; aber Eulenspiegel, den braven Knecht, den wolle sie gern wieder beherbergen.

Die 85. Historie sagt, wie ein Holländer aus einer Schüssel einen gebratenen Apfel aß, darein Eulenspiegel ein Brechmittel getan hatte.

Recht und redlich rächte sich Eulenspiegel an einem Holländer. In einer Herberge in Antwerpen, in der holländische Kaufleute waren, begab es sich einmal, daß Eulenspiegel ein wenig krank wurde. Er konnte kein Fleisch essen und ließ sich weiche Eier kochen. Als die Gäste zu Tisch saßen, kam auch Eulenspiegel an den Tisch und brachte die weichen Eier mit.

Der eine Holländer hielt Eulenspiegel für einen Bauern und sprach: „Wie, Bauer, magst du des Wirtes Kost nicht, daß man dir Eier kochen muß?“ Damit nahm er die beiden Eier, schlug sie auf und schlurfte sie eins nach dem andern aus. Die Schalen legte er vor Eulenspiegel hin und sagte: „Sieh hin, leck das aus, der Dotter ist heraus!“ Die anderen Gäste lachten darüber, und Eulenspiegel lachte mit ihnen.

Am Abend kaufte Eulenspiegel einen hübschen Apfel, den höhlte er inwendig aus und füllte ihn mit Fliegen und Mücken. Dann briet er langsam den Apfel, schälte ihn und bestreute ihn außen mit Ingwer. Als sie nun des Abends wieder zu Tisch saßen, brachte Eulenspiegel auf einem Teller den gebratenen Apfel und wendete sich vom Tisch ab, als ob er noch mehr holen wolle. Als er den Rücken wandte, griff der Holländer zu, nahm ihm den gebratenen Apfel vom Teller und schlang ihn schnell hinunter. Sogleich mußte der Holländer brechen und brach alles aus, was er im Leibe hatte. Ihm wurde so übel, daß der Wirt und die anderen Gäste meinten, Eulenspiegel habe ihn mit dem Apfel vergiftet.

Doch Eulenspiegel sagte: „Das ist keine Vergiftung, es ist nur eine Reinigung seines Magens. Denn einem gierigen Magen bekommt keine Kost gut. Hätte er mir gesagt, daß er den Apfel so gierig hinunterschlucken wollte, so hätte ich ihn davor gewarnt. Denn in den weichen Eiern waren keine Mücken, aber in dem gebratenen Apfel lagen sie. Die mußte er wieder ausbrechen."

Unterdessen kam der Holländer wieder ganz zu sich und merkte, daß es ihm nicht weiter schadete. Er sprach zu Eulenspiegel: „Iß und brate, ich esse nicht mehr mit dir, und wenn du auch Krammetsvögel hättest."

Die 86. Historie sagt, wie Eulenspiegel von einer Frau zu Gast geladen wurde, der der Rotz aus der Nase hing.

Es begab sich einmal, daß ein Hoffest gehalten werden sollte, und Eulenspiegel wollte dahin reiten. Da fing sein Pferd an zu hinken, und er mußte zu Fuß gehen. Es war sehr heiß, und ihn begann zu hungern. Unterwegs lag ein kleines Dorf, aber es war kein Wirtshaus darin. Um die Mittagszeit kam er in das Dorf, in dem er wohlbekannt war. Er ging in ein Haus, wo die Frau saß und Käse machte, und sie hatte einen Klumpen Molke in den Händen. Als die Frau über der Molke saß, hatte sie keine Hand frei, und ein großer Schnudel hing ihr unter der Nase.

Da bot ihr Eulenspiegel einen guten Tag und sah den Schnudel wohl. Das merkte sie zwar, aber sie konnte die Nase nicht an den Ärmeln abwischen und sich auch nicht schneuzen. Da sprach sie zu ihm: „Lieber Eulenspiegel, setzt Euch hin und wartet, ich will Euch gute, frische Butter geben." Da machte Eulenspiegel kehrt und ging wieder zur Tür hinaus. Die Frau rief ihm nach: „Wartet doch und eßt erst etwas!" Eulenspiegel sagte: „Liebe Frau, später, wenn er gefallen ist!" Denn er befürchtete, der Schnudel fiele in die Molke.

Er ging in ein anderes Haus und dachte: Die Butter magst du nicht; wer dazu ein wenig Teig hätte, brauchte keine Eier hineinzuschlagen, er würde von dem Rotz fett genug.

Die 87. Historie sagt, wie Eulenspiegel 12 Blinden 12 Gulden gab, so daß sie meinten, sie könnten sie frei verzehren, zuletzt aber ganz schlecht dabei wegkamen.

Als Eulenspiegel landauf und landab zog, kam er einmal wieder nach Hannover, und da trieb er viele seltsame Abenteuer. Eines Tages ritt er eine Ackerlänge Weges vor dem Tor spazieren. Da begegneten ihm 12 Blinde. Als Eulenspiegel zu ihnen kam, sprach er: „Woher, ihr Blinden?" Die Blinden blieben stehen und hörten wohl, daß er auf einem Pferd saß. Da meinten sie, es sei ein ehrbarer Mann, zogen ihre Hüte und Kappen und sagten: „Lieber Junker, wir sind in der Stadt gewesen. Da ist ein reicher Mann gestorben, dem hielt man ein Seelamt und gab Spenden, und es war schrecklich kalt." Da sprach Eulenspiegel zu den Blinden: „Es ist wirklich sehr kalt, ich fürchte, ihr friert euch zu Tode. Seht her, hier habt ihr 12 Gulden. Geht wieder hin in die Stadt, und zwar zu der Herberge, aus der ich geritten komme" – und er beschrieb ihnen das Haus -, „und verzehrt diese 12 Gulden um meinetwillen, bis dieser Winter vorbei ist und ihr wieder wandern könnt, ohne zu frieren." Die Blinden standen und verneigten sich und dankten ihm eifrig. Und der erste Blinde meinte, der zweite habe das Geld, der zweite meinte, der dritte habe es, der dritte meinte, der vierte habe es, und so fort bis zum letzten, der glaubte, der erste habe es.

Also gingen sie in die Stadt zu der Herberge, wohin sie Eulenspiegel gewiesen hatte. Als sie in die Herberge kamen, sprachen die Blinden: ein guter Mann sei an ihnen vorbeigeritten und habe ihnen aus Barmherzigkeit 12 Gulden geschenkt. Die sollten sie um seinetwillen verzehren, bis der Winter vorüber sei. Der Wirt war gierig nach dem Gelde, nahm sie dafür auf und dachte nicht daran, sie zu fragen und nachzusehen, welcher Blinde die 12 Gulden hatte. Er sprach: „Ja, meine lieben Brüder, ich will euch gut bewirten." Er schlachtete, bereitete zu und kochte für die Blinden und ließ sie so lange essen, bis ihn dünkte, daß sie 12 Gulden verzehrt hätten. Da sprach er: „Liebe Brüder, wir wollen abrechnen, die 12 Gulden sind fast ganz verzehrt."

Die Blinden sagten ja, und jeder fragte den andern, ob er die 12 Gulden habe, damit der Wirt bezahlt würde. Der erste hatte die Gulden nicht, der zweite hatte sie auch nicht, der dritte wiederum nicht, der vierte desgleichen; der letzte wie der erste hatten die 12 Gulden nicht. Die Blinden seufzten und kratzten sich die Köpfe, denn sie waren betrogen, und der Wirt desgleichen. Er saß da und dachte: läßt du die Blinden gehen, so wird dir die Kost nicht bezahlt; behältst du sie, so fressen und verzehren sie noch mehr, und da sie nichts haben, erleidest zu zweifachen Schaden. So trieb er sie hinten in den Schweinestall, sperrte sie darin ein und legte ihnen Stroh und Heu vor.

Die 88. Historie sagt, wie Eulenspiegel für die Blinden einen Bürgen stellte.

Eulenspiegel dachte, es sei an der Zeit, daß die Blinden das Geld verzehrt hätten. Er verkleidete sich und ritt in die Stadt zu dem Wirt in die Herberge. Als er in den Hof kam und sein Pferd im Stall anbinden wollte, sah er, daß die Blinden im Schweinestall lagen. Da ging er in das Haus und sagte zu dem Wirt: „Herr Wirt, was denkt Ihr Euch dabei, daß die armen blinden Leute so in dem Stall liegen? Erbarmt es Euch nicht, daß sie essen, wovon ihnen Leib und Leben weh tut?“ Der Wirt sprach: „Ich wollte, sie wären dort, wo alle Wasser zusammenlaufen. Wenn nur meine Kost bezahlt wäre!“ Und er erzählte ihm alles, wie er mit den Blinden betrogen worden sei.

Eulenspiegel sagte: „Wie ist es, Herr Wirt, können sie keinen Bürgen bekommen?“ Der Wirt dachte: O hätte ich jetzt einen Bürgen! und sprach: „Freund, könnte ich einen sicheren Bürgen bekommen, den nähme ich und ließe die unseligen Blinden laufen.“ Eulenspiegel sagte: „Wohlan, ich will in der ganzen Stadt herumhören und sehen, daß ich für Euch einen Bürgen finde.“

Da ging Eulenspiegel zu dem Pfarrer und sprach: „Mein lieber Herr Pfarrer, wollt Ihr wie ein guter Freund handeln? Mein hiesiger Wirt ist in dieser Nacht von einem bösen Geist besessen worden. Er läßt Euch bitten, ihm diesen wieder auszutreiben.“ Der Pfarrer sagte: „ja, gern, aber er muß einen Tag oder zwei warten, solche Dinge kann man leicht übereilen." Eulenspiegel entgegnete: „Ich will gehen und seine Frau holen, damit Ihr es zu ihr selber sagt." Der Pfarrer sprach: „Ja, laß sie herkommen."

Da ging Eulenspiegel wieder zu seinem Wirt und sagte zu ihm: „Ich habe Euch einen Bürgen besorgt, das ist Euer Pfarrer. Der will dafür gutsagen und Euch geben, was Ihr haben sollt. Laßt Eure Frau mit mir zu ihm gehen, er will ihr das zusagen." Der Wirt war damit einverstanden und froh darüber, und er sandte seine Frau mit Eulenspiegel zu dem Pfarrer. Da hob Eulenspiegel an: „Herr Pfarrer, hier ist die Frau. Sagt ihr nun selber, was Ihr mir zugesagt und gelobt habt!" Der Pfarrer sprach: „Ja, meine liebe Frau, wartet einen Tag oder zwei, so will ich ihm helfen." Die Frau sagte ja, ging mit Eulenspiegel wieder nach Hause und sagte das ihrem Ehemann. Der Wirt war froh, ließ die Blinden gehn und sprach sie ihrer Schuld ledig. Eulenspiegel aber machte sich reisefertig und verschwand unauffällig.

Am dritten Tag ging die Frau zum Pfarrer und mahnte ihn wegen der 12 Gulden, die die Blinden verzehrt hatten. Der Pfarrer sagte: „Liebe Frau, hat Euch Euer Mann das so geheißen?" Die Frau bejahte. Da sprach der Pfarrer: „Das ist der bösen Geister Eigenschaft, daß sie Geld haben wollen." Die Frau sagte: „Das ist kein böser Geist; bezahlt ihm die Kost!" Der Pfarrer sprach: „Mir ist gesagt worden, Euer Ehemann sei vom bösen Geist besessen. Holt mir ihn her, ich will ihn davon befreien mit Gottes Hilfe." Die Frau sagte: „Das pflegen Schälke zu tun, die zu Lügnern werden, wenn sie bezahlen sollen. Ist mein Mann vom bösen Geist gefangen, so sollst du das heute noch zu spüren bekommen."

Und sie lief nach Hause und erzählte ihrem Ehemann, was der Pfarrer gesagt hatte. Der Wirt nahm Spieß und Hellebarde und lief damit zum Pfarrhof. Der Pfarrer wurde dessen gewahr, rief seine Nachbarn zu Hilfe, bekreuzigte sich und sprach: „Kommt mir zu Hilfe, meine lieben Nachbarn! Seht, dieser Mensch ist besessen von einem bösen Geist!" Der Wirt sagte: „Pfaffe, gedenke deiner Worte und bezahle mich!" Der Pfarrer stand und bekreuzigte sich wieder. Der Wirt wollte auf den Pfarrer einschlagen, die Bauern aber kamen dazwischen und konnten die beiden nur mit großer Mühe auseinanderbringen.

Und solange der Wirt und der Pfarrer lebten, mahnte der Wirt den Pfarrer wegen der Kosten. Der Pfarrer sprach, er sei ihm nichts schuldig, sondern der Wirt sei vom bösen Geist besessen, und er wolle ihn bald davon befreien. Das währte, solange die beiden lebten.

Die 89. Historie sagt, wie Eulenspiegel in einem Spital an einem Tage alle Kranken ohne Arznei gesund machte.

Einmal kam Eulenspiegel nach Nürnberg, schlug große Bekanntmachungen an die Kirchtüren und an das Rathaus an und gab sich als einen guten Arzt für alle Krankheiten aus. Und da war eine große Zahl kranker Menschen in dem neuen Spital, wo der hochwürdige, heilige Speer Christi mit anderen bemerkenswerten Stücken aufbewahrt ist. Der Spitalmeister wäre einen Teil der kranken Menschen gerne losgeworden und hätte ihnen die Gesundheit wohl gegönnt. Deshalb ging er zu Eulenspiegel, dem Arzt, und fragte ihn, ob er nach den Bekanntmachungen, die er angeschlagen habe, seinen Kranken helfen könne. Es solle ihm wohl gelohnt werden. Eulenspiegel sprach, er wolle viele seiner Kranken gesund machen, wenn er 200 Gulden anlegen und ihm die zusagen wolle. Der Spitalmeister sagte ihm das Geld zu, wenn er den Kranken hülfe. Eulenspiegel war damit einverstanden: der Spitalmeister brauche ihm keinen Pfennig zu geben, wenn er die Kranken nicht gesund mache. Das gefiel dem Spitalmeister sehr gut, und er gab ihm 20 Gulden Vorschuß.

Da ging Eulenspiegel ins Spital, nahm zwei Knechte mit sich und fragte einen jeglichen Kranken, welches Gebrechen ihn plage. Und zuletzt, bevor er den Kranken verließ, beschwor er jeden und sprach: „Was ich dir jetzt offenbaren werde, das sollst du als Geheimnis bei dir behalten und niemandem verraten.“ Das schworen ihm dann die Siechen mit großer Beteuerung. Darauf sagte er zu jedem einzelnen: „Wenn ich euch Kranken zur Gesundheit verhelfen und euch auf die Füße bringen soll, kann ich das nur so: ich muß einen von euch zu Pulver verbrennen und dies den andere zu trinken geben. Das muß ich tun! Den Kränkesten von euch allen, der nicht gehen kann, werde ich zu Pulver verbrennen, damit ich den anderen damit helfen kann. Um euch alle zu wecken, werde ich den Spitalmeister nehmen, mich in die Tür des Spitals stellen und mit lauter Stimme rufen: ›Wer da nicht krank ist, der komme sogleich heraus! ‹ Das verschlafe nicht! Denn der letzte muß die Zeche bezahlen." So sprach er zu jedem allein.

Auf diese Rede gab jeglicher wohl acht. Und am angesagten Tage beeilten sie sich mit ihren kranken und lahmen Beinen, weil keiner der letzte sein wollte. Als Eulenspiegel nach seiner Ankündigung rief, begannen sie sofort zu laufen, darunter einige, die in zehn Jahren nicht aus dem Bett gekommen waren. Als das Spital nun ganz leer und die Kranken alle heraus waren, begehrte Eulenspiegel von dem Spitalmeister seinen Lohn und sagte, er müsse eilig in eine andere Gegend reisen. Da gab er ihm das Geld mit großem Dank, und Eulenspiegel ritt hinweg.

Aber nach drei Tagen kamen die Kranken alle wieder und klagten über ihre Krankheit. Da fragte der Spitalmeister: „Wie geht das zu? Ich habe ihnen doch den großen Meister hergebracht! Er hat ihnen geholfen, so daß sie alle selbst davongegangen sind." Da sagten sie dem Spitalmeister, womit er ihnen gedroht hatte: wer als letzter zur Tür hinauskäme, wenn er zur festgesetzten Zeit riefe, den wolle er zu Pulver verbrennen.

Da merkte der Spitalmeister, daß er von Eulenspiegel betrogen war. Aber der war hinweg, und er konnte ihm nichts mehr antun. Also blieben die Kranken wieder wie zuvor im Spital, und das Geld war verloren.

Die 90. Historie sagt, wie Eulenspiegel in Mariental die Mönche in der Messe zählte.

Zu der Zeit, als Eulenspiegel alle Lande durchlaufen hatte und alt und verdrossen geworden war, kam ihn eine Galgenreue an. Er gedachte, in ein Kloster einzutreten, arm wie er war, seine ihm noch verbliebene Zeit geduldig zu ertragen und Gott sein ferneres Leben zu dienen für seine Sünden, damit er nicht verloren sei, wenn Gott über ihn geböte.

So kam er in dieser Absicht zu dem Abt von Mariental und bat ihn, daß er ihn als Mitbruder aufnehme, er wolle dem Kloster all das Seine hinterlassen. Der Abt war Narren wohl gesonnen und sagte: „Du bist noch gut bei Kräften, ich will dich gerne aufnehmen, wie du gebeten hast. Aber du mußt etwas tun und ein Amt übernehmen, denn du siehst, daß meine Brüder und ich alle etwas zu tun haben, und jedem ist etwas befohlen." Eulenspiegel sprach: „Ja, Herr, gern." „Wohlan in Gottes Namen", sagte der Abt, „du arbeitest nicht gern, du sollst unser Pförtner sein. Da bleibst du in deinem Gemach und brauchst dich um nichts weiter zu kümmern, als Kost und Bier aus dem Keller zu holen und die Pforte auf- und zuzuschließen." Eulenspiegel sagte: „Würdiger Herr, das vergelte Euch Gott, daß Ihr mich alten, kranken Mann so wohl bedenket! Ich will auch alles tun, was Ihr mich heißet, und alles lassen, was Ihr mir verbietet." Der Abt sprach: „Sieh, hier ist der Schlüssel! Du sollst aber nicht jedermann einlassen, sondern nur jeden dritten oder vierten laß hereinkommen! Denn wenn du zu viele einläßt, so fressen sie das Kloster arm." Eulenspiegel sagte: „Würdiger Herr, ich will es ihnen recht tun."

Und von allen, die da kamen, ob sie ins Kloster gehörten oder nicht, ließ er immer nur den vierten ein und nicht mehr. Darüber wurde vor dem Abt Klage geführt. Der sagte zu Eulenspiegel: „Du bist ein auserlesener Schalk! Willst du die nicht hereinlassen, die hier hereingehören?" „Herr", sagte Eulenspiegel, „jeden vierten habe ich hereingelassen, wie Ihr mich geheißen habt, und nicht mehr. Damit habe ich Euer Gebot vollbracht." „Du hast gehandelt wie ein Schalk", sprach der Abt und wäre ihn gern wieder losgeworden. Und er setzte einen anderen Beschließer ein, denn er merkte wohl, daß Eulenspiegel von seiner alten Sinnesart nicht lassen konnte.

Da gab er ihm ein anderes Amt und sagte: „Sieh, du sollst die Mönche nachts in der Messe zählen. Und wenn du einen übersiehst, so mußt du weiterwandern." Eulenspiegel sprach: „Das ist für mich schwer zu tun, doch wenn es nicht anders sein kann, muß ich es machen, damit das Beste daraus werden mag." Und des Nachts brach er einige Stufen aus der Treppe. Nun war der Prior ein guter, frommer, alter Mönch und allezeit der erste in der Messe. Der kam still zur Treppe, und als er glaubte, auf die Stufen zu treten, trat er durch und brach sich ein Bein. Er schrie jämmerlich, so daß die anderen Brüder hinzuliefen und sehen wollten, was mit ihm war. Da fiel einer nach dem andern die Treppe herab. Eulenspiegel sprach zu dem Abt: „Würdiger Herr, habe ich nun mein Amt richtig versehen? Ich habe die Mönche alle gezählt." Und er gab ihm das Kerbholz, in das er sie alle geschnitten hatte, als einer nach dem andern herunterfiel. Der Abt sprach: „Du hast gezählt wie ein verworfener Schalk! Geh mir aus meinem Kloster und lauf zum Teufel, wohin du willst."

Also kam Eulenspiegel nach Mölln, da wurde er von Krankheit befallen, so daß er kurz danach starb.

Die 91. Historie sagt, wie Eulenspiegel in Mölln krank wurde, dem Apotheker in eine Büchse schiß, wie er in den „Heiligen Geist" gebracht wurde und seiner Mutter ein süßes Wort zusprach.

Elend und sehr krank wurde Eulenspiegel, als er von Mariental nach Mölln kam. Da zog er zu dem Apotheker in die Herberge, um der Arznei willen. Nun war der Apotheker dort auch ein wenig schalkhaftig und listig und gab Eulenspiegel ein scharfes Abführmittel. Als es auf den Morgen zuging, begann das Abführmittel zu wirken, und Eulenspiegel stand auf und wollte seines Kotes ledig werden. Das Haus war jedoch allenthalben verschlossen, und ihm wurde angst und bange. Er kam in das Apothekenzimmer, schiß in eine Büchse und sprach: „Hier kam die Arznei heraus, hier muß sie wieder hinein. So verliert auch der Apotheker nichts, ich kann ihm ja doch kein Geld geben."

Als das der Apotheker merkte, fluchte er Eulenspiegel und wollte ihn nicht länger im Hause haben. Er ließ ihn in das Spital (es hieß „Zum Heiligen Geist") bringen. Da sagte Eulenspiegel zu den Leuten, die ihn hinbrachten: „Ich habe sehr danach getrachtet und Gott allezeit gebeten, der Heilige Geist möge in mich kommen. Jetzt schickt Gott mir das

Gegenteil: ich komme in den Heiligen Geist. Er bleibt außer mir und ich komme in ihn.“ Die Leute lachten über seine Worte und gingen fort.

Und wie eines Menschen Leben ist, so ist auch sein Ende. Es wurde seiner Mutter kundgetan, daß er krank sei. Die war bald zur Reise gerüstet, kam zu ihm und glaubte, von ihm Geld zu erhalten, denn sie war eine alte, arme Frau. Als sie zu ihm kam, begann sie zu weinen und sprach: „Mein lieber Sohn, wo bist du krank?“ Eulenspiegel sagte: „Hier zwischen der Bettstelle und der Wand!“ „Ach, lieber Sohn, sag mir doch ein süßes Wort!“ Eulenspiegel sprach: „Liebe Mutter, Honig, das ist ein süßes Wort.“ Die Mutter sagte: „Ach, lieber Sohn, gib mir doch noch eine gute Lehre, bei der ich deiner gedenken kann.“ Eulenspiegel sprach: „Ja, liebe Mutter, wenn du deine Notdurft verrichten willst, kehre den Arsch von dem Winde weg, dann kommt dir der Gestank nicht in die Nase.“

Die Mutter sagte: „Lieber Sohn, gib mir doch etwas von deinem Gut!“ Eulenspiegel sprach: „Liebe Mutter, wer nichts hat, dem soll man geben, und wer etwas hat, dem soll man etwas nehmen. Mein Gut ist verborgen, so daß niemand etwas davon weiß. Findest du etwas, was mir gehört, so magst du es nehmen; ich gebe dir von meiner Habe alles, was krumm und was gerade ist.“

Unterdessen wurde Eulenspiegel sehr krank, so daß die Leute ihm zuredeten, er solle beichten und das Abendmahl nehmen. Eulenspiegel willigte darein, denn er merkte wohl, daß er von diesem Lager nicht mehr aufstehen werde.

Die 92. Historie sagt, wie Eulenspiegel seine Sünden bereuen sollte und wie ihn dreierlei Schalkheit reute, die er nicht getan hatte.

Reue und Leid wegen seiner Sünden sollte Eulenspiegel während seiner Krankheit empfinden, damit ihm das Abendmahl gegeben werden könne und er desto süßer sterben könne – so sagte ihm eine alte Begine. Zu ihr sprach Eulenspiegel: „Dies geschieht nicht, daß ich süß sterbe, denn der Tod ist bitter. Und warum soll ich heimlich beichten? Was ich in meinem

Leben getan habe, das ist in vielen Landen vielen Leuten bekannt. Wem ich etwas Gutes getan habe, der wird es mir wohl nachsagen. Habe ich einem etwas Böses getan, der wird das trotz meiner Reue nicht verschweigen. Ich bereue dreierlei, und es tut mir leid, daß ich es nicht getan habe und nicht tun konnte." Die Begine sprach: „Du lieber Gott! Ist es etwas Böses, das Ihr gelassen habt, so seid doch froh darüber! Laßt Euch Eure Sünden leid tun!" Eulenspiegel sagte: „Frau, mir ist leid, daß ich dreierlei nicht getan habe und auch nicht dazu kam, es zu tun." Die Begine sprach: „Was sind das für Dinge? Sind sie gut oder böse?"

Eulenspiegel sprach: „Es sind drei Dinge, und das erste ist das: Wenn ich in meinen jungen Tagen sah, daß ein Mann auf der Straße ging, dem der Rock lang unter dem Mantel heraushing, ging ich ihm nach. Ich meinte, der Rock werde ihm herunterfallen, so daß ich ihn aufheben könnte. Wenn ich dann näher zu ihm kam, sah ich, daß ihm der Rock nur zu lang war. Darüber wurde ich zornig und hätte ihm gern den Rock so weit abgeschnitten, wie er unter dem Mantel hervorhing. Daß ich das nicht konnte, das ist mir leid.

Das zweite ist dies: Wenn ich jemanden sitzen oder gehen sah, der mit einem Messer in seinen Zähnen stocherte: daß ich ihm nicht das Messer in den Hals schlagen konnte. Auch das tut mir leid.

Das dritte ist: daß ich nicht allen alten Weibern, die über ihre Jahre hinaus sind, ihre Ärsche zuflicken konnte, auch das ist mir leid. Denn diese Frauen sind zu nichts nütze mehr auf Erden, als daß sie das Erdreich bescheißen, worauf die Frucht steht."

Die Begine sprach: „Ei, behüte uns Gott! Was sagt Ihr da? Ich höre wohl: wenn Ihr gesund genug wäret und die Möglichkeit hättet, Ihr würdet mir mein Loch auch zunähen, denn ich bin eine Frau wohl von 60 Jahren." Eulenspiegel sagte: „Es tut mir leid, daß es noch nicht geschehen ist." Da sprach die Begine: „So behüte Euch der Teufel!", ging von ihm fort und ließ ihn liegen.

Und Eulenspiegel sagte: „Es ist keine Begine so fromm, daß sie nicht, wenn sie zornig wird, ärger ist als der Teufel."

Die 93. Historie sagt, wie Eulenspiegel sein Testament machte und ein Pfaffe dabei seine Hände besudelte.

Merkt euch, geistliche und weltliche Personen, daß ihr eure Hände nicht an Testamenten verunreinigt, wie es bei Eulenspiegels Testament geschah!

Ein Pfaffe wurde zu Eulenspiegel gebracht, damit er ihm beichten solle. Als er nun zu Eulenspiegel kam, da dachte der Pfaffe bei sich: er ist ein abenteuerlicher Mensch gewesen und hat damit viel Geld zusammengebracht; es kann nicht fehlen, er muß eine bedeutende Summe Geldes haben; die solltest du ihm abnehmen, da es mit ihm zu Ende geht, vielleicht bekommst du auch etwas davon.

Als nun Eulenspiegel dem Pfaffen zu beichten begann und sie ins Gespräch kamen, sagte unter anderem der Pfaffe zu ihm: „Eulenspiegel, mein lieber Sohn, bedenkt Eurer Seele Seligkeit bei Eurem Ende! Ihr seid ein abenteuerlicher Gesell gewesen und habt viele Sünden begangen. Die bereuet jetzt! Und habt Ihr etwas Geld: ich würde das zur Ehre Gottes geben und auch armen Priestern, wie ich einer bin. Das rate ich Euch, denn es ist nicht immer ehrlich gewonnen. Und wenn Ihr solches tun wollt, mir das offenbart und mir dieses Geld gebt: ich will es dann einrichten, daß Ihr damit in die Ehre Gottes kommt. Und wollt Ihr mir selbst auch etwas geben, so werde ich Euer all mein Lebtag gedenken und für Euch Totengebete und Seelenmessen lesen." Eulenspiegel sagte: „Ja, mein Lieber, ich will Euer gedenken. Kommt nachmittags wieder, ich will Euch selbst ein Stück Gold in die Hand geben. Dessen könnt Ihr gewiß sein."

Der Pfaffe war froh und kam nach dem Mittag wieder gelaufen. Und während er fort war, nahm Eulenspiegel eine Kanne, die füllte er halbvoll mit Menschendreck. Darauf legte er ein wenig Geld, so daß das Geld den Dreck bedeckte. Als der Pfaffe wiederkam, sprach er: „Mein lieber Eulenspiegel, ich bin hier. Wollt ihr mir nun etwas geben, wie Ihr es mir versprochen habt, so will ich es in Empfang nehmen." Eulenspiegel sagte: „Ja, lieber Herr, wenn Ihr bescheiden zugreift und nicht gierig sein wollt, so will ich Euch einen Griff aus dieser Kanne gestatten, damit Ihr meiner gedenken sollt." Der Pfaffe sprach: „Ich will es nach Euerem Willen tun und hineingreifen, so wenig ich kann." Da machte Eulenspiegel die Kanne auf und sagte: „Seht hin, lieber Herr, die Kanne ist ganz voll Geld. Tastet hinein und nehmt Euch daraus eine Handvoll, aber greifet nicht zu tief!" Der Pfaffe sagte ja, und ihm wurde ganz feierlich zumute. Die Habgier verführte ihn, er griff mit der Hand in die Kanne und wollte eine gute Handvoll greifen. Als er mit der Hand in die Kanne fuhr, merkte er, daß es naß und weich unter dem Gelde war. Schnell zog er die Hand wieder zurück, aber die war schon bis zu den Knöcheln mit Dreck besudelt.

Da sprach der Pfaffe zu Eulenspiegel: „O, was bist du für ein hinterhältiger Schalk! Du betrügst mich noch in deinen letzten Stunden, da du schon auf deinem Totenbette liegst! Da dürfen sich diejenigen nicht beklagen, die du in deinen jungen Tagen betrogen hast." Eulenspiegel sagte: „Lieber Herr, ich warnte Euch, Ihr solltet nicht zu tief greifen! Verführte Euch nun Eure Gier und beachtetet Ihr meine Warnung nicht, so ist das nicht meine Schuld." Der Pfaffe sprach: „Du bist ein Schalk, auserlesen aus allen Schälken! Du konntest dich in Lübeck vom Galgen reden, so antwortest du wohl jetzt auch mir." Und er ging und ließ Eulenspiegel liegen.

Eulenspiegel rief ihm nach, er möge warten und das Geld mit sich nehmen. Aber der Pfaffe wollte nicht hören.

Die 94. Historie sagt, wie Eulenspiegel sein Gut in drei Teilen vergab: einen Teil seinen Freunden, einen Teil dem Rat von Mölln, einen Teil dem Pfarrer daselbst.

Als Eulenspiegel immer kränker wurde, setzte er sein Testament auf und vergab sein Gut in drei Teilen: einen Teil seinen Freunden, einen Teil dem Rat von Mölln und einen Teil dem Kirchherrn von Mölln. Er gab dazu jedoch folgende Weisung: Wenn Gott der Herr über ihn geböte und er stürbe, so solle man seinen Leichnam in geweihter Erde begraben und für seine Seele sorgen mit vielen Totengebeten und Seelenmessen nach christlicher Ordnung und Gewohnheit. Und nach vier Wochen sollten sie einhellig den Inhalt der schönen Kiste, die er ihnen zeigte, wohl verwahrt mit kostbaren Schlüsseln – und sie sei noch erst aufzuschließen –, untereinander teilen und sich gütlich darüber einigen. Das nahmen die drei Parteien an, und Eulenspiegel starb.

Als nun alle Dinge nach dem Wortlaut des Testaments vollbracht und die vier Wochen abgelaufen waren, kamen der Rat, der Kirchherr und Eulenspiegels Freunde und öffneten die Kiste, um den hinterlassenen Schatz zu teilen. Als sie geöffnet war, fand man nichts anderes darin als Steine. Einer sah den andern an, und alle wurden zornig. Der Pfarrer meinte: da der Rat die Kiste in Verwahrung genommen habe, habe er den Schatz heimlich herausgenommen und die Kiste wieder zugeschlossen. Der Rat meinte: die Freunde hätten den Schatz während seiner Krankheit herausgenommen und die Kiste mit Steinen wieder gefüllt. Und die Freunde meinten: die Pfaffen hätten den Schatz heimlich davongetragen, als Eulenspiegel beichtete und jedermann hinausgegangen war. Also schieden sie in Unfrieden voneinander.

Da wollten der Kirchherr und der Rat Eulenspiegel wieder ausgraben lassen. Als sie zu graben begannen, war er schon so verwest, daß niemand bei ihm bleiben wollte. Da machten sie das Grab wieder zu, und Eulenspiegel blieb in seinem Grab liegen. Und zu seinem Gedächtnis wurde ein Stein auf sein Grab gesetzt, den man noch heute sieht.

Die 95. Historie sagt, wie Eulenspiegel starb und die Schweine während der Totenfeier seine Bahre umwarfen, so daß er herunterfiel.

Nachdem Eulenspiegel seinen Geist aufgegeben hatte, kamen die Leute in das Spital, beweinten ihn und legten seinen Sarg in die Diele auf eine Bahre. Die Pfaffen kamen, wollten ihm Totengebete singen und fingen damit an. Da kam die Sau des Spitals mit ihren Ferkeln, ging unter die Bahre und begann, sich daran zu kratzen, so daß Eulenspiegel von der Bahre fiel. Die Frauen und die Pfaffen wollten die Sau mit den Ferkeln wieder zur Tür hinausjagen, aber die Sau war störrisch und wollte sich nicht vertreiben lassen. Die Sau und die jungen Ferkel liefen kreuz und quer im Spital umher, sie sprangen und rannten über die Pfaffen hinweg, über die Beginen, über die Kranken und Gesunden und über den Sarg, in dem Eulenspiegel lag. Davon erhob sich ein Gerufe und Geschrei von den alten Beginen, so daß die Pfaffen die Geräte für die Totenfeier stehen ließen und zur Tür hinausliefen. Die anderen verjagten zuletzt die Sau mit ihren Ferkeln.

Da kamen die Beginen und legten den Sarg wieder auf die Bahre. Aber dabei kam Eulenspiegel umgekehrt zu liegen, so daß er den Bauch gegen die Erde und den Rücken nach oben kehrte. Als die Pfaffen weggingen, sprachen sie: wenn die Beginen ihn begraben wollten, so hätten sie nichts dagegen; sie aber würden nicht wiederkommen. Also nahmen die Beginen Eulenspiegel und trugen ihn auf den Kirchhof – verkehrt herum, da er auf dem Bauch lag, weil der Sarg umgedreht war. So setzten sie ihn am Grabe nieder.

Da kamen die Pfaffen doch zurück und sprachen, welchen Rat sie auch dazu geben würden, wie man ihn begraben solle: er würde doch nicht wie die anderen Christenmenschen im Grabe liegen wollen. Dabei wurden sie gewahr, daß der Sarg umgedreht war und daß Eulenspiegel auf dem Bauche lag. Da begannen sie zu lachen und sagten: „Er zeigt selber, daß er verkehrt liegen will. Danach wollen wir handeln."

Die 96. Historie sagt, wie Eulenspiegel von Beginen begraben wurde; denn er wollte weder von Geistlichen noch von Weltlichen begraben werden.

Bei Eulenspiegels Begräbnis ging es wunderlich zu. Denn als sie alle auf dem Kirchhof um den Sarg standen, in dem Eulenspiegel lag, legten sie ihn auf die beiden Seile und wollten ihn in das Grab senken. Da riß das Seil, das am Fußende war, und der Sarg schoß in das Grab, so daß Eulenspiegel in dem Sarg auf die Füße zu stehen kam. Da sprachen alle, die dabeistanden: „Laßt ihn stehen! Wunderlich ist er gewesen in seinem Leben, wunderlich will er auch sein in seinem Tod." Also warfen sie das Grab zu und ließen ihn aufrecht auf den Füßen stehn.

Und sie setzten ihm einen Stein oben auf das Grab. Auf die eine Hälfte hieben sie eine Eule und einen Spiegel, den die Eule in ihren Klauen hält, und schrieben oben auf den Stein:

„Disen Stein sol nieman erhaben. Hie stat Ulenspiegel begraben. Anno domini MCCCL jar."